【青少年应知道的英模故事】

岁月峥嵘

主编 ◎ 文 昊

编著 ◎ 远 方

新疆美术摄影出版社

图书在版编目(CIP)数据

岁月峥嵘/ 远方编. — 乌鲁木齐 : 新疆美术摄影
出版社, 2012.4 （2015年4月重印）
（青少年应知道的英模故事；2）
ISBN 978-7-5469-2204-1

Ⅰ.①岁… Ⅱ.①远… Ⅲ.①英雄模范事迹 – 中国
– 青年读物②英雄模范事迹 – 中国 – 少年读物 Ⅳ.
①K820.7-49

中国版本图书馆CIP数据核字（2012）第052172号

主　编　文　昊
选题策划　于文胜　王永民
责任编辑　王永民
封面设计　党　红

青少年应知道的英模故事2　《岁月峥嵘》

编　　著　远　方
出版发行　新疆美术摄影出版社
地　　址　乌鲁木齐市经济技术开发区科技园路5号
邮　　编　830026
制　　作　乌鲁木齐标杆集书刊印务有限公司
印　　刷　三河市燕春印务有限公司
开　　本　787mm×1092mm　1/16
印　　张　11
字　　数　90千字
版　　次　2015年4月第2版
印　　次　2015年4月第1次印刷
印　　次　ISBN　978-7-5469-2204-1
定　　价　29.80元

目 录 CONTENTS

万岁军

"万岁军"是中国人民解放军北京军区陆军第三十八集团军在朝鲜战场赢得的美名。

抗美援朝第二次战役中,三十八军接受了穿插敌后、切断敌人撤退路线的任务。军长梁兴初下达了死命令,要求所有人员必须完成任务。当时,中国人民志愿军司令员彭德怀担心三十八军在穿插时遇到阻力太大,决定让兄弟部队协助三十八军,但被梁兴初拒绝,他请求让三十八军单独行动,完成任务。

1950年11月24日深夜,梁兴初派侦察科长张魁进带领一支由223人组成的先遣部队插到敌人以南武陵里,炸毁大同江上的武陵公路大桥。这支先遣队从敌人几个师的防区中穿来插去,最终在总攻发起后不久完成了这项艰巨而又有重大意义的任务,堵住了敌人的退路。

25日黄昏,三十八军的三个师开始行动(在朝鲜战争中,由于志愿军没有制空权,绝大多数战斗是在晚上进行,天亮基本上就退出战斗)。德川的敌人由于后方的大桥被炸掉,无处可逃,5000余人被压缩在一个很小的区域中,三十八军的三个师将其团团围住,开始清剿。一一四师在战斗刚开始不久就派出一个连队,插进敌指挥部,将其高级指挥员全部歼灭(这是志愿军在朝鲜战争中较常见的一种打法——中心开花)。敌人5000多人没有了指挥,最后大部被歼,只有1500余人逃脱。

在取得初步胜利后,彭德怀命令三十八军再次向敌后穿插,控制敌后要地三所里,彻底切断美军的退路。此时,全军官兵正处在极度疲劳中,士兵们无论是挖工事还是转移行军都会随时随地的睡着。一一三师三三八团团长朱月清刚端起一碗稀饭,用筷子搅和的时候,就一头栽倒睡着了,而他的团就是整个三十八军的先头团。接到上级指示后,朱月清下了命令:饭边走边吃,任务边走边下达,不能让一个士兵掉队。朦胧的月色中,一一三师的队伍不顾一切地向预定目标奔去。长长的队伍穿越山林河流,尽量保持肃静,但还是不断有人跌倒,发出很大的声响。极度疲劳的士兵走起路来摇摇晃晃,倒在山涧里时清醒了,然后再爬上来随队前进。只要队伍一停下,哪怕是一瞬间,就有人睡着了,鼾声连成一片。有的人怕自己睡着了掉队,休息的时候干脆躺在路中间,这样即使是睡着了,队伍再前进时也会被踩醒。炮兵更加艰难,他们扛着炮件和炮弹跟着步兵后面一步不落,气喘之声大得吓人。在距离三所里还有30多里的时候,天亮了,几十架美军飞机沿大同江飞来,在一一三师数里长的行军队伍上盘旋。士兵们想,自从入朝作战以来照例白天是不行军的,只要一听到隐蔽的命令就赶快藏起来,然后可以好好睡上一会儿。结果,命令在队伍中传达下来是"继续全速前进!"

由于是秘密任务，一一三师在行进过程中关闭了所有电台，后方的彭德怀在焦急等待着前方的消息。而在三十八军侧翼攻击前进的兄弟部队也前进受阻，三十八军，尤其是一一三师能不能完成其穿插任务就显得更加重要了。

一一三师一直都在向三所里前进。为了按时到达三所里，一一三师的大部队只能在光天化日之下沿公路明目张胆地前进。不是他们不怕美军的飞机，而是他们只能这么做了。副师长刘海清事后回忆说：我们是应该爱护战士，但如果不及时到达三所里，战士们的伤亡会更大，这就是战争年代的生存辩证法，战斗中最高的群众观念。奇怪的是，天上的美军飞机虽然来回盘旋，但始终没有轰炸。开始的时候，飞机到了头顶，部队还隐蔽一下，后来因为这样会严重地耽误行军，士兵们干脆把伪装扔了，索性大摇大摆地走路。结果，美军飞行员上当了，他们认为这支部队必是北边撤退下来的南朝鲜军队。于是美军飞行员对后方保障除了要求准备好米饭、开水外，还嘱咐要准备一些朝鲜人喜欢吃的咸鱼。中国士兵们很快就明白美国人上当了，干脆喊起来，借此壮胆和驱赶极度的睡意："快走！快走！前边就到啦！"行进中的士兵们每人手里都拿着一把草，在泥泞的地方为后面的炮兵垫路。

当一一三师三三八团的前卫营到达三所里的时候，一个冲击就把正在忙于做饭的南朝鲜治安军歼灭了。而后迅速占领了三所里的东山。朱月清听见前卫排方向响起了枪声后，立即命令部队跑步前进。后面的部队听说堵住了美军，拼尽最后一点力气开始跑步。有的士兵累得倒在地上，爬起来把干粮袋背包扔掉，再跑；有的士兵倒下，只是向前看了一眼，却再也没有爬起来。

第三十八军一一三师三三八团,14小时强行军72.5公里,抢占了三所里,关死了美军南逃的"闸门"——他们仅仅先于美军五分钟到达。

疲惫不堪的彭德怀在得知这一消息时激动得不知说什么好:"总算出来了,总算到了!"继而,他又给三三八团下了一道严厉的命令:"给我像钉子一样钉在那里!"

在这次战役中,有一件很有意思的事情。29日早上,美军第二师师部里跑来一个浑身是血的士兵报告说他的连队遭到中国军队的攻击,只剩下几个人。第二师师长凯泽马上派一个宪兵班去探路,但这之后他再也没有听到他们的消息。凯泽于是又派了一个坦克排,结果同样是一去不返。紧张的他这次又派了一个连去,并让另一个连接应。这个探路的连回来复命的时候只剩下20人。凯泽明白现在问题开始严重起来,决定去军部商量对策,当他到军部时却发现军部的指挥官全部去了后方。从军部回来的途中,凯泽在直升机上看见下面有很多难民向后方跑(一般情况下,难民总会比攻击部队走得快),他认为中国军队的主力应该还没有到这里,第二师没有撤退的必要。结果,他的想法断送了他的整个师——因为他所看到的那些衣裳褴褛的"难民"其实就是中国人民志愿军第三十八军一一四师。

最终,三十八军控制住了整个三所里、龙源里的所有高地和公路,这里最著名的一战要数松骨峰战斗。从松骨峰阻击战也可看出整个战场的悲壮场面。守卫松骨峰的是三连。敌人集中了32架飞机、18辆坦克、几十门榴弹炮向三连阵地猛轰,整营的人进行冲锋,最激烈的时候甚至达到整团,阵地上一片火海。但三连官兵仍然以大无畏的牺牲精神与敌进行了殊死搏斗。战士景玉琢、邢玉堂被一团大火吞没,他们抱着枪冲向敌阵,死死搂住敌人滚下山去;连长戴如义、副连长杨文海身负重伤，仍指挥杀敌，直至牺牲；指导员杨少成子弹打光了，六七个敌人围住他，他临危不惧，拉响了手榴弹与敌人同归于尽；七班长潘志忠头部被炮弹击伤，鲜血沿脸颊流着，仍顽强地向敌射击……最终敌人五次冲锋都失败了，三连的阵地上仅剩下了七个人，仍顽强地坚守了阵地，整个连甚至整个营、团、师和整个三十八军仍然像钉子一样钉在各自的阵地上。

黄昏的时候，三所里、龙源里志愿军开始攻击。在落日的映照下，在军隅里、鸣里、龙源里之间，被围困的美军被切成一个个小股，受到从四面压上来的志愿军战士的追杀。企图解救美国士兵的美军飞机飞得很低，四处逃命的美国士兵向天空摇晃着白毛巾，但是中国士兵也学着他们的样子摇晃起白毛巾，于是美军飞行员只能在一种不知所措的状态之中向大本营不断地报告着一句话："完了，他们完了！"。

美军见三所里突围无望，背后又遭到志愿军兄弟部队的猛攻，吓得丢弃了全部2000辆汽车和几百辆坦克、大炮，轻装掉头沿肃川一线沿海公路亡命南逃。

此役，三十八军以伤亡2279人的代价，取得了毙伤敌7485名、俘敌3616名（其中美军1042人），并缴获大批作战物资的战绩，一举扭转了整个朝鲜战局，也使三十八军名扬天下。

著名作家魏巍采访三十八军三三五团"松骨峰阻击战"的英雄事迹写成的《谁是最可爱的人》，又为志愿军赢得了"最可爱的人"的赞誉。

当前线胜利的消息传到志愿军司令部的时候，彭德怀显得极其兴奋，亲自起草了一个嘉奖电报：

梁、刘转三十八军全体同志：

此战役克服了上次战役中个别同志某些过多顾虑，发挥了三十八军优良的战斗作风，尤以一一三师行动迅速，先敌占领了三所里、龙源里，阻敌南逃北援。敌机、坦克各百余终日轰炸，反复突围，终未得逞。至昨(30日)战果辉煌，计缴仅坦克、汽车即近千辆，被围之敌尚多。望克服困难，鼓起勇气，继续全歼被围之敌，并注意阻敌北援，特通令嘉奖，并祝你们继续胜利！中国人民志愿军万岁！三十八军万岁！

彭邓朴洪韩杜

12月1日

在第一次战役后，受到彭德怀严厉批评的三十八军军长梁兴初，在前线接到彭德怀的这个电报的时候，流下了眼泪。

电报原文如图：

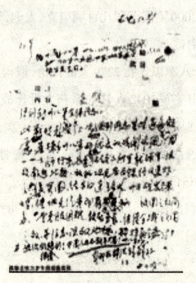

万岁军嘉奖电报原文

万岁军的成名仗：战争年代，三十八军有三次成名仗，除前述的朝鲜战争外，还有两次分别是四战四平和主攻天津。

"四战四平"是三十八军的第一个成名仗。当时三十八军还是东北抗日民主联军第一纵队。四平是东北的军事重镇，在解放战争期间，四平战役名闻中外，被外国记者称为"东方马德里"。1946年3月到1948年3月，国共双方先后调动了大量兵力，在四平展开四次大战役：第一次是四平解放战；第二次是四平保卫战；第三次是四平攻坚战；第四次是四平战役。在这几次交战中，双方共投入兵力40万人，累计战斗52天，国民党军队5万多人被歼灭，我军也牺牲了3万多人，这就是震惊中外的"四战四平"。四战四平不仅解放了四平，对全国解放也具有重大意义，因此，四平又被誉为"英雄城"。

主攻天津成为三十八军的第二个成名仗。辽沈战役结束后，1948年11月，一纵改称为中国人民解放军第三十八军，迅速入关，参加平津战役。三十八军在平津战役中担任天津主攻，率先突破天津城防，歼灭国民党军2.7万人，活捉天津警备司令陈长捷中将等七名将领。

万岁军战史：万岁军战史源远流长，可追溯到1928年平江起义。

土地革命时期,平江起义创建红五军,上井冈山与朱毛红军会合,在湘鄂赣建立扩展苏区,战长沙、打赣州、五次反围剿等战役战斗不计其数,长征时血战湘江、保卫遵义、血溅娄山关、四渡赤水、强渡乌江、爬雪山、过草地,到达陕北后,创建和保卫根据地。

抗日战争时期:首先取得了平型关大捷,随后挺进山东,先后创建和巩固了鲁西、鲁南、滨海等抗日根据地,参加大小战役战斗数百次。

解放战争时期,由山东挺进东北,参加了秀水河子歼灭战、拉法新站自卫战、四平战役、辽沈战役。之后按中央指示入关,参加了平津战役。随后渡黄河、跨陇海、过长江,挺进湘西,进军广西,参加了宜沙战役、衡宝战役、剿灭匪霸等,为夺取解放战争的彻底胜利做出了贡献。

抗美援朝时期:参加了第一、二、三、四次战役和阵地反击战,打出了三十八军的赫赫威名。

链接三

朝鲜战争:爆发于1950年6月25日,是一场朝鲜与韩国两个意识形态对立的政府之间的战争,同时美国、中国、苏联等18个国家也不同程度地卷入了这场战争。

1950年6月25日,朝鲜战争爆发。6月27日,朝鲜军队占领汉城(今首尔)。韩国在撤退时,高层惊慌失措,将汉江大桥炸毁,这样就把大批军队阻在了河北岸,更快地瓦解了韩军抵御能力。

6月26日,美国总统杜鲁门命令驻日本的美国远东空军协助韩国作战,27日再度命令美国第七舰队驶入基隆、高雄两个港口,在台湾海峡巡逻,阻止解放军解放台湾。同时,美国驻联合国代表向安理会提交了动议案,并在苏联缺席的情况下使联合国顺利通过了组成联合国军队等三个决议,成立了以美军为主导,英国、土耳其、加拿大、泰国、新西兰、澳大利亚、荷兰、法国、菲律宾、希腊、比利时、哥伦比亚、埃塞俄比亚、卢森堡、南非等15个国家派少部分军队参战的联合国军,与韩国国防军一起在驻日的美远东军司令麦克阿瑟上将指挥下,7月5日,参加了第一场对朝鲜的战役。

在战争初期,朝鲜军队节节胜利:先后夺取汉城、大田、木浦、晋州,占领朝鲜半岛90%的土地,92%的人口。韩国国防军和美军被一直逼退到釜山。8月6日麦克阿瑟在东京与其他高级军官会面,并说服他人实施仁川登陆计划。9月15日,麦克阿瑟登上旗舰麦金利山号亲自督战,在美英两国三百多艘军舰和五百多架飞机掩护下,美军第十军团成功登陆仁川,从朝鲜军队后方突袭,迅速夺回了仁川港和附近岛屿。9月22日,撤退到釜山环形防御圈的联合国军乘势反击。9月27日,仁川登陆部队与釜山部队会合,一日之后重夺汉城。

美国原计划先将朝鲜军队赶回三八线以北,但因战事进展极其顺利,麦克阿瑟要求乘势追击,将共产主义逐出整个朝鲜半岛。9月27日,美国参谋长联席会议与总统杜鲁门都同意了麦克阿瑟的建议,但杜鲁门要求麦克阿瑟只有在中国和苏联不会参战的情况下才可攻击朝鲜。次日美军部队就进逼三八线,10月1日,韩国第一批部队进入朝鲜作战。

朝鲜战争爆发后,中国在7月13日即成立东北边防军,并加强了战备工作。杜鲁门把中国的态度视为是对联合国的"外交讹诈"而没有重视，而且派战机轰炸中国安东(今辽宁丹东)，中国领土安全受到严重威胁。为此，10月8日，中国共产党中央政治局扩大会议最终决定介入朝鲜战争。

　　1950年10月19日晚，以彭德怀为司令，中国人民志愿军从安东(今称丹东)、河口(即宽甸县长甸镇河口)、辑安(今称集安)等多处地点秘密渡过中朝边界鸭绿江。10月25日，发起抗美援朝第一次战役。之后经过连续做战，将联合国军阻滞在三八线附近，并一度攻占了汉城，迫使联合国军于1951年7月10日同意停火，坐到了谈判桌前。后经打与谈的多次较量，1953年7月27日上午10时在板门店，朝、中、美三方签署了《朝鲜停战协定》及《关于停战协定的临时补充协议》的停火协议，在北纬38°线附近以1953年7月27日22点整双方实际控制线南北各2公里宽设立非军事区。

　　1954年，苏联官员和在朝鲜半岛参战的各国代表在瑞士日内瓦举行会谈。但谈判未达成一个永久和平计划，未能解决朝鲜半岛南北统一问题，直到今天，朝鲜半岛依然是分裂的两个国家：朝鲜民主主义人民共和国和大韩民国。

　　1991年，朝鲜和韩国签署了一项进行永久和平条约谈判的协议，1992年得到批准。但1991年朝鲜方面开始抵制军事停火委员会，中国于1994年退出该委员会。2009年5月27日，朝鲜军方发表声明，宣布朝鲜退出朝鲜停战协定，将不再受军事停战协定约束。

黄草岭英雄连

驻守岭南罗浮山下的广州军区某部四连荣誉室里,悬挂着一面浸染着战火硝烟和岁月风尘的锦旗。锦旗上"黄草岭英雄连"六个大字,记载着四连在抗美援朝出国第一仗中创立的辉煌业绩。在抗美援朝第一次战役中,四连与美军王牌陆战一师过招,两天之内打退敌人20次进攻,以伤亡40人的代价歼敌250余人,荣获了"黄草岭英雄连"称号。

飞兵抢占黄草岭

1950年10月19日深夜,刚入朝作战的志愿军某部四连官兵,在异国他乡的幽谷深涧、悬崖峭壁间正在实施强行军,目标直指400多公里外的黄草岭。

黄草岭是朝鲜北部的军事要冲,海拔在千米以上,地形极为险要,美军元山登陆后,以机械化部队快速向北推进,企图迂回江界,直到鸭绿江边,而黄草岭是敌人冒进的必由之路。

敌我针锋相对,都在向黄草岭方向运动。"先敌抢占黄草岭,打好出国第一仗!"四连官兵冒着敌机的轰炸,在崎岖的山路上,四天强行军300多公里,真可谓前无古人的飞兵。

10月22日,部队越过了别河里一线,此时,敌人距黄草岭120公里,且是机械化行军;而四连还有220公里,官兵靠两条腿步行。紧要关头,朝鲜人民军18辆汽车前来支援,志愿军某团副团长苑世仁率四连和兄弟部队登上了汽车。汽车在险要的山路上高速行驶,终于在10月24日深夜先敌占领了黄草岭。

后半夜2时许,敌人也机动到黄草岭山脚下,并开始爬山,黄草岭阻击战一触即发。

浴血奋战挫强敌

打响黄草岭之战第一枪的是机枪手朱丕克。他是乘坐人民军的汽车到达并抢占黄草岭的。当敌人摸上山来的时候,朱丕克的机枪像长了"夜明眼",只两个点射,就撂倒五个敌人。敌人不明山上虚实,停止了攻击。四连官兵乘机每人挖了防空洞,准备血战。

次日凌晨,冷雾刚刚散去,美军战斗机、轰炸机、直升机蜂拥而至,向我军阵地扫射轰炸,敌炮兵也向我阵地倾泻了成百上千发炮弹,随后,两个连的美军冲了上来。当敌人离阵地只有50米时,连长盖成友挥手一枪,"打!"瞬时,几十枚手榴弹同时在敌群中爆炸,步枪、冲锋枪、机枪一起开火,战士们把仇恨的子弹射向敌人,美军连滚带爬退到了山下。当天四连连续打退敌人四次进攻。

26日,美军扩大到营的集团冲锋,飞机、炮群的轰炸,延长再延长,从天明到天黑,炮弹的爆炸声、自动武器的射击声一刻也没有停止,整个天空都像被战火烧着,云朵变成火团。

激烈的战斗持续到下午,美军增兵到两个营,分多股向四连冲击。这时,四连除了三班还有少量的子弹外,其余班的子弹都打光了,全连总共还剩下一箱手榴弹。转眼间,两股敌人冲上了阵地。

勇士们端起了刺刀,和敌人展开肉搏,刺刀弯了,举起石头砸,抡起木棒打。取石斩木为兵的勇士们,打得敌人溃散而逃。

黄昏,美军两个加强营向四连阵地合围,想切断四连与营部的联系,电话线也被燃烧弹烧毁,连队成了孤军。

被崩削的岩石上,留着烈士的鲜血,阵地上弹尽粮绝,活着的官兵都不同程度负了伤。指导员鼓励大家:"同志们,一定要挺住,坚持就是胜利!"渴了,战士们从山坡上挖出草根放在嘴里嚼;饿了,吃几个土豆充饥……

敌人屡次进攻受挫,但仍不死心。27日,从早晨起,敌人的攻势更加凶猛,竟出动了100多架次的飞机,五次轰炸、扫射四连的阵地。敌人成营兵力的集团冲锋一波接着一波,但都被四连官兵一次又一次击退。坐在东京遥控指挥的麦克阿瑟如坐针毡,急令:"以最大力量打下德洞关(黄草岭),迅速前进"。

28日,敌人以数百架次的飞机,数百门大炮对我军阵地进行狂轰滥炸。阵地上,岩石被炸得粉碎,泥土被炮火犁了一层又一层。山可炸,石可碎,英雄的坚强意志不可摧。官兵们只有一个信念,那就是不让寸土给敌人,一定要坚守到主力反击!

机枪手朱丕克打光了子弹,端起轻机枪冲出战壕,吼叫着"杀!",一口气砸伤10个敌人,吓得美军丢盔弃枪往山下滚。

共产党员刘凤林,奉命突围去和人民军联系,冲出包围圈不远就被一群美军围住。他打死几个美军,打完子弹,三个美军扑过来活捉他。刘凤林反而冲入敌群,拉响了最后一颗手榴弹,与敌人同归于尽。

激战中,营部派来打通联系的通信班长被敌机扔下的汽油弹烧着,子弹带里子弹被烧得乒乒乱跳,战士张悦涛冒着生命危险救战友,当即冲到通信班长身边,双手往下扒子弹带和手榴弹带。一颗子弹进进张悦涛的胳膊,血肉模糊,他忍着剧痛背起通信班长从危险地带爬回了我军阵地。

连长盖成友在解放战争中胳膊多次受伤,在这次战斗中再次负伤,鲜血直淌,他仍坚持指挥战斗。有两次敌人突破了我军阵地,盖成友端起刺刀带领官兵与敌人展开肉搏战,以敢打必胜的气势将敌人打退。

四连血战三天三夜,共打垮美军二十四师及李承晚精锐白虎团20多次冲击,消灭敌人260多人,全连阵亡14人,伤26人,以小的代价,胜利完成了黄草岭阻击的任务,战后被上级授予"黄草岭英雄连"称号。

松骨峰英雄连

　　"松骨峰阻击战"发生在抗美援朝战争第二次战役期间。1950年11月下旬,志愿军某部为切断敌人的逃路,向敌后猛插。30日拂晓,该部三三五团一营三连进至松骨峰后,与敌遭遇,该连立即占领路旁高地。在毫无工事依托的阵地上,与蜂拥而至的敌人激战五个多小时,始终未让敌人前进一步。敌军在屡攻不下的情况下,集中数十门火炮和近20辆坦克对三连阵地猛烈轰击,并用飞机投下了凝固汽油弹,将高地打成一片火海,步兵随后蜂拥而上。三连在人员伤亡较大、粮弹殆尽的情况下,毫不畏惧,所有能战斗的人员,包括伤员,带着满身的火焰,奋勇扑向敌军,用枪托、刺刀、石头,甚至用牙齿与敌人展开了殊死肉搏,谱写了一曲革命英雄主义的赞歌。军史中这样记载当时激烈的战斗场面:"战至13时,敌人潮水般从三面涌向阵地。该连弹药所剩甚微……子弹打光了,他们举起刺刀、枪托冲向敌群,肉搏中又杀伤十几个敌人,最后全部壮烈牺牲。"在三连的顽强阻击下,志愿军主力聚歼了敌人。

战后,志愿军总部授予三连"攻守兼备"锦旗一面,记特等功一次。

松骨峰,北朝鲜西部的一个极其普通的小山头,位于龙源里的东北,与三所里、龙源里形成鼎足之势。它北通军隅里,西北可达价川。其主峰标高288.7米,从山顶往东延伸约100多米就是公路。

1950年11月30日,是这个叫作松骨峰的地方血肉横飞的日子。

坚守松骨峰的中国军队是人民志愿军某部的三三五团,团长是刚打完飞虎山阻击战的范天恩。而范天恩的三三五团注定要在朝鲜战场上不断地打恶仗。

当第二次战役开始的时候,三三五团还在执行"诱敌深入"的任务。这个团的官兵在范天恩的率领下,在飞虎山对北进的联合国军进行了顽强的阻击,之后他们边打边撤,当军主力已经开始攻击德川时,三三五团还在距离德川100多公里远的花坪站阻击北进的一股美军。当天晚上,范天恩接到新的命令,命令仅有一句话:向当面之敌发起攻击。这时,与师里联系的电台坏了,范天恩立即在地图上找前进的路线,决定就朝那个叫做新兴里的地方打。这时,兄弟部队的一个参谋找到他,说是来接三三五团阵地的,从兄弟部队指挥员的口中,范大恩才知道第二次战役所在部队打的是德川。范天恩决定三三五团全团进行轻装,除了战斗必需的东西外,其他的装备全藏在一个小山沟里,派一个班看守。范天恩计算一天走60公里,两天就可追上主力。

三三五团没有向导,全靠一张地图和一个指北针,他们在天寒地冻中开始了翻山越岭的艰难行军。目标只有一个:追上主力。走了两夜,到达距离德川还有十几公里的一个小山村时,包括范天恩在内全团官兵实在走不动了,范天恩命令一个参谋带人去侦察主力部队的方位,同时让部队在村子里休息一下。警卫人员在寻找可以防空的地方的时候,意外地在一个菜窖里抓了十几名南朝鲜兵,一问,原来德川的战斗已经结束。不久,外出侦察的参谋回来了,说主力已经向夏日岭前进了。范天恩立即命令部队继续追赶。在夏日岭附近,三三五团终于追上了刚刚打下夏日岭的军主力,还从躺在公路上的美军汽车里弄到一部电台。这时,师长杨大易接到军部指令,让他们立即占领松骨峰。师长正苦于手上已没有可以调动的部队,看见三三五团来了,杨大易高兴地叫道:"真是天兵天将!"

杨大易给范天恩的命令是:直插松骨峰,在那里把南逃的美军堵住。

于是,范天恩带着他极度疲惫的士兵,立即向松骨峰急速前进。在漆黑的夜晚,三三五团冲破美军的炮火封锁,在书堂站一带展开了部队。

范天恩命令一营占领松骨峰。一营先头连是三连。三连在天亮的时候占领了松骨峰,还没有来得及修工事,大批的美军就顺着公路南撤,蜂拥而至的部队就是美军第二师。

面对公路上一眼望不到边的美军,经过几天行军的三连士兵们立即把饥饿和疲劳忘得精光。

三连最前沿的是八班。在美军距八班阵地只有20米距离的时候,八班的机枪手杨文明首先开火,立即把第一辆汽车打着了。枪声一响,排长王建候带领五名士兵冲上了公路,火箭筒射手抵近向坦克射击,手榴弹同时飞向汽车。这时,五班的爆破组也把第二辆坦克打着了,汽车和坦克堵塞了公路，车上的美军士兵掉头往回跑。片刻之后，美军组织起向松骨峰的攻击，他们要想活着就必须打开松骨峰的通路。

朝鲜战争中一场最惨烈的战斗就这样开始了。

战斗打响之后，范天恩担心阵地上的工事还没有修，士兵会伤亡很大，就打开步话机向一营喊话，结果步话机中响着的全是英语，那边的美军指挥官正吵成一团。范天恩命令二营用机枪火力支援一营三连的方向，以减轻前沿的压力。一营营长王宿启更为三连是否能在那个紧靠公路、没有任何依靠的山包上顶住敌人而焦灼不安。他命令在三连阵地左侧的一连和右侧的二连都上好刺刀。

美军的第三次冲锋开始了。敌机疯了一般，擦着中国士兵的头顶把大量的炸弹和燃烧弹投下来。美军的火炮也疯了，他们都知道，如果不突围出去就全完了。于是，炮弹密雨似的打在中国军队的阵地上。最前沿的三连阵地上弹片横飞，大火熊熊。

美军士兵冲上来了。营长王宿启立即命令左侧的一连端着刺刀从侧面出击，肉搏战之后，美国士兵被刺刀逼下去，于是改为从三连的右侧攻击，但右侧的二连也端着刺刀扑了上来。就这样，三连在正面顶，一连和二连在侧面支援。在刺刀的拼杀中，一、二连的伤亡巨大。美军向松骨峰前沿攻击的兵力还在成倍地增加。

师长杨大易焦急地关注着三连的方向。他站在师指挥部的山头上，看见从药水洞到龙源里的公路上全是美军的汽车和坦克，多得根本看不到尽头。

美军第四次冲锋是在阵地上的大火烧得最猛烈的时候开始的。美军士兵已经冲上四班的阵地，四班的士兵们喊："机枪！快打！"机枪由于枪管被烧弯，已不能射击了。机枪手李玉民从战友的尸体上拿起步枪向美国兵冲去。他的大腿被子弹穿了个洞,他用一颗子弹塞到伤口止血,然后就与敌人拼刺刀。四班的战士们冲过来,美国兵扔下他就跑。眼睛看不见的三排长爬过来,要把李玉民背走,李玉民说:"你快去指挥,敌人又要打炮了!"

这时候,某军军长梁兴初的电话来了,军长在电话里向范天恩发火,原因是侦察情报报告,在三三五团的防区,有四辆美军炮车通过公路向南跑了。"给我追回来!记住,不许一个美军南逃!"

范天恩立即派三营的两个连去追。为了歼灭美军的四辆炮车,在已经非常紧张的兵力中抽出两个步兵连,足以看出中国军队要一个不剩地将美军置于死地的决心。范天恩的两个步兵连翻山越岭抄近路,整整追了一天,最终把四辆美军炮车追上并歼灭了。

中午的时候,坚守松骨峰的三连只剩下不到一半的人了。连长戴如义和指导员杨少成烧毁了全部文件和自己的笔记本之后,与可以战斗的士兵们一起回忆了这个连队在其战争历史上所获得的各种称号:战斗模范连、三好连队、抢渡长江英雄连……最后他们的决心是:哪里最危险,我们两个人就要出现在哪里。

下午13时,攻击松骨峰阵地的美军开始了第五次冲锋。

由于中国军队的合围越来越紧,美军的命运已经到了最后时刻。参加向松骨峰冲锋的美军增加到上千人,美军出动了飞机、坦克和火炮,向这个公路边的小山包进行了长达40分钟的猛烈轰炸。三三五团三连的士兵在根本没有任何工事可以藏身的阵地上蹲在弹坑里,然后突然冲出来向爬上来的美军射击。

随着冲锋一次次被打退,美军投入的兵力越来越多,而在松骨峰阵地上的三连可以战斗的人却越来越少了。排长牺牲了,班长主动代理,班长牺牲了,战士主动接替,炊事员和通信员也参加了战斗。指导员杨少成的子弹已经没有了,他端着刺刀冲向敌人,当多名美国士兵将他围住的时候,他拉响身上剩下的最后一颗手榴弹,喊了一声:"同志们,坚决守住阵地!"然后在手榴弹爆炸之际和敌人抱在了一起。中国士兵们看见自己的指导员就这样壮烈地牺牲了,他们含着泪呐喊:"冲呀!打他们呀!"士兵们向已经拥上阵地的黑压压的美军冲过去。

这是三连的最后时刻,也是那些亲眼目睹了松骨峰战斗的美国人记忆深刻的时刻。没有了子弹的中国士兵腰间插着手榴弹,端着寒光凛凛的刺刀无所畏惧地迎面冲了过来。刺刀折断了,他们抱住敌人摔打,用拳头、用牙齿,直到他们认为应该结束的时候,就拉响了身上的手榴弹。共产党员张学荣是爬着向敌人冲上去的,他已经身负重伤,没有力气端起刺刀,他爬到美军中间拉响了在牺牲的战友身上捡来的四颗手榴弹。战士邢玉堂,被美军的凝固汽油弹击中,浑身燃起大火,他带着呼呼作响的火苗端着刺刀扑向美军,美军在一团大火中只能看见那把尖头带血的刺刀。美军士兵在这个"火人"面前由于恐惧而浑身僵硬,邢玉堂连续刺倒几个敌人,在生命的最后时刻,他紧紧抱住一个美国兵,咬住这个美国兵的耳朵,两条胳膊像铁钳一样箍住敌人的肉体,直到两个人都烧成焦炭。

美军的第五次冲锋被打败了。松骨峰的三连阵地上只剩下了七个活着的中国士兵。松骨峰阵地依然在中国士兵手中。

就在这天黄昏,范天恩的三三五团反守为攻,全团出击了。同时,在各个方向围歼美军的中国人民志愿军也开始了最后的攻击。

松骨峰战斗最后结束的时候,作家魏巍和某师师长杨大易一起走上了三连的阵地。在几百具美军士兵的尸体和一片打乱摔碎的枪支中间,他们看见了牺牲的中国人民志愿军战士仍保持着的牺牲前热血贲张的姿态。他们有的手中的手榴弹上沾满了美国兵的脑浆,有的嘴上还叼着美国兵的半个耳朵。那个名叫邢玉堂的战士的尸体还冒着余烟,他的手指已经插入他身下那个美国兵的皮肉之中。魏巍将松骨峰战斗写成了那篇著名的通讯,名为:《谁是最可爱的人》。

夜幕降临了。朝鲜战场上的黑夜是为美军准备的坟墓。

某军副军长江拥辉登上指挥所的最高处,他看见了令任何身经百战的指挥官仍会感到惊心动魄的场景:

"——我站在高处,放眼南望,冷月寒星辉映的战地,阵阵炸雷撕裂天空,'轰隆隆、轰隆隆'连绵不断。几十公里长的战线上,成串成串的曳光弹、照明弹、信号弹在空中交织飞舞,炮弹的尖啸声,手榴弹、爆破筒、炸药包发出的闷哑的爆炸声,在峡谷中回响不息。敌我双方在公路沿线犬牙交错的激烈战斗,那是我从戎几十年,从未见到过的雄伟壮阔的场面。敌人遗弃的大炮、坦克、装甲车和各种大小汽车,绵延透迤,一眼望不到头,到处是散落的文件、纸张、照片、炮弹、美军军旗、伪军"八卦旗"以及其他军用物资……"

在战士们打扫战场的时候,一名战士缴获了一台美军收音机,当他摆弄时,收音机里传出了中央人民广播电台播音员激昂的声音:"这里是中央人民广播电台,现在播送中华人民共和国国歌。"自出国以来便在生死中搏斗的某部士兵们,脸上烟火斑驳,身上衣衫褴褛,他们围着这台收音机,站在硝烟缭绕的公路上,一动不动——"起来,不愿做奴隶的人们! 把我们的血肉,筑成我们新的长城! 中华民族到了最危险的时候,每个人被迫发出最后的吼声。起来! 起来!! 起来!!! 我们万众一心,冒着敌人的炮火,前进! 前进! 前进进!"

三八线尖刀英雄连

广州军区某部二连在抗美援朝战争中参加了突破"三八"线的战斗,因战绩突出,被志愿军总部授予"三八线尖刀英雄连"荣誉称号。在以后的时间里,二连无论是参加战斗还是部队建设、支援地方都做出了突出成绩。

双腿追汽车擒美军少校

抗美援朝战争中,美军遭我志愿军两次战役的连续打击,损失惨重,慌忙撤退至"三八"线。为彻底打垮敌人,济宁里(朝鲜地名)一战是关键,这个艰巨的任务交给了某部,该部命令所属二连作为尖刀连,向前穿插。

时任连长王秀清带着连队一路疾行追敌到巨林川(地名)。就在连队准备出发时,副排长白文林和战斗小组长冷树国看到前方公路边上有两个美国军官从吉普车上跳下来,准备在桥上安放炸药。白文林对冷树国说:"不能让敌人炸桥,要保住桥。"他们飞奔向大桥,用两条腿追上了坐着吉普车的美军,消灭四名军官,活捉一名美军少校。

给毛泽东主席写信

1951年10月,连队给毛主席写信,汇报在朝作战情况,并表决心。信中写道:

坚决粉碎美帝国主义侵略野心,争取更大胜利,回报祖国人民。

一年来,我们学会了打败美国侵略军的本领。我们摸到了他们怕近战、怕夜战、怕包围、怕猛冲、怕死的弱点。在突破三八线的新年攻势中,我们在十二小时内配合兄弟部队突破了敌人层层防御工事,接着以迅雷不及掩耳的动作,打了十仗,连续突破敌一百五十华里的纵深防御,把尖刀直插到敌人的心脏——汉江北岸的加平、济宁里一带,从而配合主力一举歼灭伪二师、伪五师主力。这次战斗中,在上级英明指挥下,我们连歼敌两个连,并打垮顽抗之敌,因而获得了上级奖给的"三八线尖刀英雄连"的光荣称号。

入朝以来,在近一年的战斗中,我们全连共歼灭敌人七百五十多人,缴获各种炮二十五门,各种枪五百零一支,汽车九辆,还有其他许多军用品。我们的战斗力大大提高了,全连立大功以上的功臣三十四名,其中有六个人获得朝鲜民主主义人民共和国的军功章。我们清楚知道,这些胜利与党的正确领导,上级的英明指挥,和祖国人民的热情支援是分不开的,我们谨此向我们敬爱的毛主席致敬,向祖国人民致谢。同时,我们决不骄傲,我们要争取更大的胜利来回报祖国人民对我们的希望。

我们知道,在反对美帝国主义的侵略战争中,还会有许多困难,但我们毫不惧怕。我们坚决向毛主席和祖国人民表示决心:为粉碎美帝国主义占领朝鲜、进攻中国、霸占世界的野心,为争取和平的彻底实现,我们要和美国侵略军打到底,直到取得最后的胜利。

越南战场:接住敌人手榴弹再扔回去

上世纪70年代后期,越南不断在中国边境进行武装挑衅,中国人民解放军奉命对越进行自卫反击作战,"三八线尖刀英雄连"参加了围歼高平之敌的战役。在与敌人激战过程中,一枚"嗤嗤"冒着青烟的手榴弹向我战斗队形中飞来,冲在最前面的韦学锋,眼疾手快,他一把接住敌人的手榴弹再回扔过去,手榴弹当即在敌群中炸开花,当时,战斗情景之惨烈,深深地印刻在战友们的脑海里。战斗结束后,韦学锋被评为全国战斗英雄。

抗洪战场:大堤上抱着沙包入梦乡

1998年,长江遭遇特大洪灾,在这次抗洪抢险中,"三八线尖刀英雄连"防守在荆江险中之险、重中之重的调关大堤——长江90度急转弯的叽头。

连队到达调关的第二天,就奉令赴"八一"大堤执行取土回填任务,全连88名官兵冒着39℃的高温连续战斗三个昼夜,共完成运送土石方 3000 多立方米,平均每人扛沙袋 100 包以上,往返距离 150 多公里,先后有 11 人中暑晕倒,32 人肩膀磨破,25 人手掌布满血泡,但没有一人叫一声苦,喊一声累。六天任务硬是在三天内提前完成了。

当时,部队一位首长闻讯赶到现场,看见官兵们由于疲劳过度,就地倒在沙包上、水沟里睡着了,有的还抱着沙包进入梦乡,感动得热泪盈眶。

天德山特级英雄连
——一个老兵的回忆

抗美援朝时我在四二二团八连。在反"秋季攻势"的天德山战争中，我作为一名战士，随所在排和另一个排在天德山主峰配属五连作战，经历了击溃美骑一师的全过程，是参加天德山战斗幸存的八位伤员之一。

美骑一师有建军200余年的历史，号称"天之骄子""世界王牌""常胜军"，但在20世纪50年代被我中国人民志愿军打得惨败，溃不成军。

天德山位于铁原以西，镇川以北，临津江东岸。距开城20余公里，开城又是平壤与汉城（今韩国首尔）之间的要道，具有十分重要的战略地位。同时汉城—铁原—金化—金城—昌边里铁路是联合国军东线的重要供应线，铁原—金化段北面夜月山、天德山、418高地等，是确保铁路运输安全的重要支点，当时已被我军控制。美军发动"秋季攻势"，首先要夺取上述战略要点，然后进一步北犯，进而攻击开城,以实现其谈判桌上得不到的东西。上述各点,又以天德山为攻击重点目标,这也是我军一四一师的重点防守目标。

坚守天德山阵地的是四二二团五连,外加两个排,共240余人。在10月1日到10月5日的四昼夜战斗中,美骑一师集中两个团,在12架战斗机的配合下,采用集团轮番冲锋,少则一个排,多则两个营的兵力,轮番攻击达70余次,最终伤亡870多人仍未能占领。我军狙击连队也受到了极大的损失,最后仅剩八名伤员,死守阵地寸土未失。这对粉碎敌人的"秋季攻势"起了很大作用,志愿军司令部对战士们的英勇拼搏精神给予了高度赞赏,全连立集体特等功一次,并被授予"天德山特级英雄连"光荣称号。美军发动的"夏季攻势"和"秋季攻势"被彻底粉碎后,实在无计可施,不得不重新回到板门店谈判桌上恢复谈判。

1951年6月,中国人民志愿军某部驻临津江东岸。临津江这段河流取南北向,由北往南流。翻一道坡到黄龙洞,是团指挥所,狄进喜副团长就在这里指挥天德山战斗。由团指挥所下10余米过小溪爬上坡约500米到天德山主峰。主峰上有一个孤立的10余米见方的大石头,它是由坚硬的石英砂构成的,没有花纹,没有层块也没有台阶,大部分埋在土石里,表面呈流线型朝天,像一个缩头的大海龟。炮弹、炸弹、子弹无论从哪个方向来一碰撞就会抛开,不会在石头上面爆炸。我想爬到石头上面去看,但试过几次都没有成功。更奇的是这个大石头下面,竟是沙子和卵石,最大的也只有一两米。还有贝壳之类,大概在很早以前这是海底,后来地壳变迁才突出来的。

坚守阵地的我军官兵在这个大石头下面15米深处挖了一个大地

洞,可以坐15到20个人,洞南面挖三个通道,每个通道都要拐两道弯,爬两次台阶才能进入射击掩体和观察哨卡,我们利用这个通道和敌人拼杀。在洞北面也同样挖有三个出口,分别在大石头的左中右通道,运弹药、武器、护送伤员。通道底一米多宽,两米来高,即使高个子抗着弹药箱也可直腰行走。有的地方通道上方还用圆木垫起来,防止塌方。向北的那个通道离山表面深两米左右,开一道门。门的两边用直径30~40公分的圆木撑起来,每边有六根竖立的圆木。门前面有一个平台,可以站立10余人,主要是防止敌炮击时,运送弹药给养的同志来不及进地道,可以暂避。在洞门两边有一副对联:"争取创造英雄连,不当英雄不下山"。那是六班战士彭光富根据李乾坤班长口述用燃烧弹烧过树枝的黑木炭写的。

在山的脊梁上挖有近两米深、一米宽左右的战壕,这是我们接防前兄弟部队的战友们挖的,由于山下树木很多,且粗大,挖战壕时很注意伪装,所以从外表上看没有被挖的痕迹。战壕南面挖有许多射击窗口,还有观察哨卡,战壕北面底侧挖有猫耳洞,距山顶往下10余米左右挖有环行战壕,这些战壕与山脊梁上面战壕有通道。

9月23号,我们接替兄弟部队的防御任务。马良山、夜月山等都由其他部队防守,每个山上都有一个连正面防守,其余部队在二、三线纵深防守。由于天德山是敌人攻击的重点目标,防守天德山是由四二二团二营五连,又增加了两个排组成一个加强连,共240多名战斗人员,还有一个师部炮兵指挥所也在天德山那个巨石底下,这是全师防守重点。

10月1日早晨,李班长从腰右边慰问袋里,拿出一面五星红旗,挂在直立的圆木上说:"同志们,今天是祖国生日,毛主席在天安门检阅部队和群众游行部队"。话音未落,几个战士接着说:"我们多杀几个美国侵略者,向毛主席献礼"。战士岳明玉接着说:"对,对,对,今天可是个好日子"。战士们你一言,我一语,都非常激动,面对国旗,抢着发言。外面敌人的炸弹爆炸声像鞭炮一样密集。班长说:"同志们,看样子今天会有硬仗打,敌人现在打炮咱们先准备一下,等敌人的炮弹往后面延伸时,咱们就进猫耳洞。这时敌人步兵用轻武器向我们阵地扫射,子弹落地时发出'朴朴朴'的声音,说明敌人距我们还有三四百米远,我们都按兵不动。当子弹延伸从高空飞过去,发出'呜,呜,呜'的叫声,说明敌人距我们就只有三四十米远了,大家就要立即进入射击掩体把手榴弹盖拧开,冲锋枪子弹上膛,步枪上好刺刀。"听了班长的话,大家都在思考,有的人还跪倒射击口观察。当敌人的第一次炮火过去之后,我们在射击掩体等了半天,没见敌人上来,班长就让战士轮留到防炮洞休息。大家都不知道是怎么一回事,就问班长。班长说:这次敌人只有一个排,大概是试探性侦察我们的,姚排长给400米远的敌人指挥官一个花生米那些兵就垮下去了。"咳,真可惜,来了,我们还没有打收条,就让他跑掉了"。虽然大家都很敬佩神枪手姚排长,但多少还有点惋惜。

　　姚排长,名叫姚震华,是著名的神枪手。抗日战争时在佳木斯一带,日本人只要知道是他带的队伍,心里就发怵,处处都会谨小慎微,因为他们吃过不少亏,总怕丢了性命。解放战争时,国民党想招安,他不买账,打又打不着,就骂他是"胡子"(土匪),他也不理,有时他也自称"胡子"。他最恨那些官老爷和地主老财,经常搞点杀富济贫的事。1948年解放军来了,他主动把人和枪交给三纵队,自己当战士,后来三纵队改成四十七军,他随军南下立了不少战功,也带出了不少神枪手。三四百米远,他打敌人脑袋,绝不会打到胸口,他要打敌人胸口绝不会打脑袋。刚才敌人那个指挥官距离我们有400米,姚排长用三八大盖,一枪就打倒了,敌人失去指挥官一下就垮了。

老油条(敌炮兵指挥机)在天上盘旋,又是拉白烟,又是呜呜的叫。老油条走了,敌人的炮弹又像冰雹似的打了好久。当敌人的炮火向我后方延伸时,班长进入观察口观察,我也跟着去看,班长说"小李子,你来干什么?"我说:"打了半天,我还没看见敌人是什么样子,让我看看"。班长说"好,你看看就下去!"说时迟,那时快,趴在猫口一看,在山下有一个身穿迷彩服头戴钢盔的军官,左手拿个三角旗,右手举着手枪,他的手枪不是指向我们的,而是指向他的士兵,最前面是几个黄种人或黑皮肤人,后面是白人,指挥官的旗子往上挥,那些士兵就往前爬几步。我正看得有味,班长拍拍我说:"下来吧!"我退出观察哨口,班长看也没看我,只是伸头察看敌情,随便问我一句"小李子,怕不怕?"我身子有些哆嗦,随口说"有点怕"。班长说:"你别怕,要敢打敢拼敢胜,不要下去了,快到右边射击掩体去,我就过来"。说着一个箭步就抢到我的前边了,战士们也都进入了各自的战斗位置。我看见敌人离我们只有五十几米了,就说"班长,我们打吧!"班长说:"沉住气,再等等"。40米,30米,20米,10米,"打!"班长吼了一声,随手就丢出去几颗手榴弹,接着,我们的轻机枪、重机枪、冲锋枪一起开火了。我学着班长的样子丢手榴弹,"小李子,用劲甩"。在平地上我的手榴弹能甩53米,现在在山顶上向山下甩只要稍微用点劲就可以甩100多米,我连续甩了一阵手榴弹,还想甩。班长说:"好了,不要打了,节约点下次用"。这突然的攻击,敌人倒了一大片,活着的掉头就跑,比兔子还快。那个指挥官也趴在那里啃泥巴了。这次我们无一伤亡，打退了敌人一个连的进攻，打死多少敌人也不清楚。班长要我们赶快抢修工事，不到半小时敌人又开始打炮了。班长说：大伙快进坑道，一进洞互相询问你打死几个，他打死几个，谁也说不准，个个都是白牙齿，红嘴唇，满脸都像抹了黑烟灰似的，那是被炮弹烟熏黑的，大家很开心，笑的乐开花了。

我们正乐呢，敌人炮击停了，也没有机枪响，怎么回事？原来敌人这次打炮是为了掩护他们抢救被我们打死的士兵尸体和伤员，他们要把死尸拖回去，我们没有注意，就让敌人捡了个便宜。"便宜他们了"岳明玉很轻蔑地骂了一句。

这样，10月1日这一天共打退敌人八次轮番进攻，我们排牺牲了一位战友，还有一人受轻伤。天黑之前，我们抢修猫耳洞，加固射击口、观察哨卡，然后就聚集到一起。大家都成了"黑种人"，只有漏出的牙齿是白的，但谁也不说什么，只是相互之间交流着，问你甩了多少手榴弹，他打了多少子弹，换了几挺机枪；重机枪打到中间怎么突然停了？回答枪筒没有水，只好向上面撒泡尿然后接着打等等。大家说的很多，又互相交流着经验，班长又组织大家讨论下一步怎么打，没有战斗时我们还是相对放松的。

天黑了，司务长和炊事班的战友送给养来了，有很多水、馒头、包子、水饺、牛肉罐头和子弹、手榴弹、爆破筒等武器弹药，真是雪中送炭。班长说：为了节约用水，四个人用一条毛巾，对折起来用两面，每人用一面擦把脸，然后将毛巾放在脸盆里用一壶水洗，水变成黑色沉了一下，再将上层清水倒在重机枪管里。说起这个脸盆别看它小，但用处却很大，是全班12个人共用的，吃饭时用它装饭盛菜，洗刷时，它成了脸盆和脚盆。说不卫生吧，但没有一个人因此而生病的，大家也没有一声怨言。司务长说:"师、团首长,特别祝贺同志们这一天打退敌人八次冲锋,全连共消灭300多个鬼子,其中有一个中尉军官和两个少尉排长,首长说要给我们请功,希望同志们总结经验,再接再厉,争取更大胜利。这是首长让包的饺子,说送给英雄们吃,大家不要客气。"我们一边说着感谢的话,一边开始吃饭,把送来的饺子让我们吃光了。

司务长和炊事班走后不久,连长杨宝山、指导员闫成恩来到了我们阵地。他们听了姚排长和李班长谈了当天的战斗情况后都很高兴。闫指导员指着李班长说:李乾坤同志是黑山阻击战的特级英雄。刚才我们清点了一下,今天我们连共消灭敌人310人,你们排消灭90人,其中有三个敌军官,敌人今天动用了12架战斗机、25辆坦克和70余门远程重炮轰炸扫射,发动了八次冲锋全被我们打退了,全连牺牲了32名同志,其中有你们排一名,45名重伤员都转入营医疗队了,几个轻伤员不肯下火线。

今天的敌人是美骑一师,号称世界王牌,还有美二十四师,李成晚的警卫伪三师都是王牌,他们今天输得很惨,是不会甘心的。同志们,要做好打大仗、恶仗、硬仗的准备。

"保证完成任务!"大家异口同声回答。

指导员走时交代要准备一个最好的防炮洞给师炮指挥部用。晚上来了三位首长,年纪大的叫01号,他们带了很多设备,我以前从没见过。很快,指挥部的同志就把设备装好和02号校对数据,连续校对三遍,才关机休息。10月2日清晨敌人开始重新集结,准备大规模的向天德山一线发起进攻。突然01喊到:02、02我是01,我是01。我是02我是02。正南6号线"预备……放"!只听得轰隆一声巨响,01号又喊前伸10米,02号回答:"明白"。接着他连喊了三声"放",山炮、野战炮、榴弹炮传来隆隆的炮声,炮弹掠过阵地上空,随后阵地前数百米处森林地带成为一片火海。01喊:"好、好、好",接着又向军师首长报告战况,首长指示注意观察。过不久,敌人又在集结。这次01号发现了敌人的指挥部,就喊"02、02,听到回答",02回答"是",01喊:"预备……放!放!"这次他只喊两声,02回答:明白。接着榴弹炮和山炮在敌人指挥部炸开了。这两次共摧毁敌人坦克两辆,重炮群三个,炸死了很多鬼子,摧毁了敌人一个指挥部,彻底打乱了敌人进攻的部署,迫使敌停止了进攻。10月2日这一天敌人老实了。

休息时,我问01号:"首长,你怎么看得见,我就看不见"。01号首长笑嘻嘻地问我"你读过书吗?""小学四年级"我回答他说。"有机会还要多学点文化就明白了"。我牢牢地记住了首长的话。伤残后,别人要求工作或复员回家,我要求上学,才走上今天的道路。

10月3号,天气晴朗。拂晓时分,敌人以十余架佩刀式战斗机对我天德山一线发起猛烈扫射,还用重型轰炸机投了两枚重磅炸弹,弹坑有四米多深,十多米宽。落弹点在天德山主峰北边15米处,有个弹坑还冒出水来,这可帮了我们重机枪手的大忙。紧接着是老油条(敌人炮兵指挥机)来了,又是拉白烟,又是"呜呜呜"的怪叫,敌人三个远程重炮群和坦克炮的炮弹,像雨点似的从左到右,又从右到左,在阵地上扫来扫去,两米深的战壕大部分被摧毁,但还能修好。飞机扫射投弹、大炮轰击时,我们在大石英岩下面十多米深的坑道里摆龙门阵,聊天。那两颗重磅炸弹爆炸声响太大,把我的耳膜振坏了,至今耳朵里还不停地发出"知、知、知"的鸣叫声,特别是夜深人静的时候声响更大。当敌人的炮弹爆炸声向阵地后方延伸时,敌兵手中的一切自动化武器向我前沿阵地猛烈攻击,到处是"突、突、突"子弹落地时的撞击声。此时敌人距我们还有二三百米远。当这些自动化武器的子弹掠过阵地上空,变成"呜、呜、呜"的响声时,班长说:敌人快来了,大家快速进入射击位置,听口令一起开火,射击位置被炸弹摧毁了的就找个炮弹坑隐蔽好。

当敌人的子弹掠过高空时,在阳光照射下成红色或金色,像蝗虫一样,密密麻麻,铺天盖地。而我们坚守阵地的勇士们则个个精神抖擞,聚精会神等待着,心理都在默念着。60米、50米、40米、30米、20米、15米、10米,班长大吼一声"打"!随着他甩出第一个手榴弹,紧接着一群手榴弹怒吼着在敌群中炸开了花,轻机枪、重机枪、冲锋枪"突、突、突"向敌群愤怒的猛扫。这突如其来的拼杀,鬼子横七竖八地倒下一大片,剩下为数不多的掉头往山下滚去,手榴弹、六零炮紧追不舍,山底下敌人拖了一批死尸甩在战车上溃败而逃,山上边没有拖走的死尸和伤员,成了敌人再次轰炸时的死靶子和活靶子。敌人炮轰前,这些残兵败将还"叽里咕噜"怪叫,敌炮一轰血肉横飞,就永无再生之路了。这就是美国人所讲的人道主义内涵吧!但是最令他们无法理解的是他们每次冲锋前,向600平方米阵地上倾泻了那么多远程重炮炮弹,平均每平方米土地上要承受五发炮弹,不要说是人,就是一只苍蝇也难活命。但当他们在坦克的掩护下向山坡上爬时,眼看到离山坡顶只有十余米就胜利了,突然就会遇到人民志愿军的猛烈还击,似千军万马,势不可挡。其实,经过几天的激烈战斗,这时我军阵地上只有32个勇士了。这32人中,有日本人闻风丧胆的姚排长,有在黑山阻击战中的特级英雄李班长,32位勇士,合起来可以说精通十八般武艺,轻机枪、重机枪、各种冲锋枪、手榴弹、卡宾枪、六零炮样样都会打,合成一股强大的抗敌力量。近战时,个个都是雄狮猛虎,如果以一当十来比方丝毫也不为过。战斗中,每个人都要负责四五个射击位置,大家动作那样敏捷灵巧,跑到这里打几枪,点射"啪、啪、啪啪、啪啪啪",又跳到另一个射击处,扣一下重机枪的扳机,"哒哒哒",跳来跳去,既消灭了敌人,又调节了精神,减少了伤亡,投手榴弹的勇士对20米以内的多用集射式,即把三个或四个手榴弹、导火线圈捆绑在一起;对20米至40米的敌人采用空中开花式,即把导火圈拉出后停两秒钟再甩出去,手榴弹还没有落地就爆炸了,杀伤力很大;对40至80米的敌人采用投弹问路式,因为敌人机枪射手多半在80米左右,手榴弹把敌人的机枪打哑巴了,说明此法有效。在什么情况下采用什么方法早准备好了。

敌人通过飞机轰炸扫射、远程重炮群和40余辆坦克炮等攻击,对我军阵地再次发动攻击,接着又是轻重机枪、自动化步枪猛烈射击,前后折腾一个多小时,断定我志愿军阵地上所有阻击设施确实"摧毁"了,便由坦克在前面开路,步兵紧随其后,被指挥官躯赶着向山上爬行,这就是美骑一师打仗的程序。美军司令李奇微将军有句名言:炮弹可以救步兵的命,这就是美国人打仗的信条。在拼杀过程中,我们防守的阵地有五米左右的壕沟一度被几个敌人占领,姚排长发现后,一梭轻机枪子弹打过去就消灭了敌人。就这样,我们打退了敌人两个营七次集团式轮番冲击。

冲锋,溃败,再冲锋,再溃败,敌人无计可施,恼羞成怒。下午4时左右,竟公然违反国际公约,向天德山阵地发射20余枚毒气弹。一种难闻的异味突然传来,岳明玉原在国民党军队里受过防化训练,他马上喊起来:这是毒气弹,大家快用尿水浸湿毛巾,掩住口鼻。说也奇怪,这时一阵风自北向南猛吹,毒气很快被吹到敌人阵地上方去了。真正是正义事业,连老天爷也帮忙!

黄昏时敌人停止进攻,我们抢修战壕、射击位置和猫耳洞。之后除了哨兵外我们都进了坑道。天黑之后清点人数时,我们又牺牲了包括李乾坤班长在内的12名同志,还有20个人。听组长李二和说,姚排长消灭占领战壕的鬼子时,李班长那里也冲上十来个鬼子,当时班长手里没有枪,他用手榴弹和鬼子拼,打死三个,其他鬼子有的抱着他的腰,有的按住他头,李班长拼命跳上战壕,死死地抱着敌人不放,并拉响了手榴弹,与敌人一起滚下岩壁,其余鬼子吓得掉头就跑。听着这么惨烈的战争场面,我为李班长哭了好长时间,自己从来没有这样伤心过。

天黑不久,司务长带领连队后勤人员又给我们送来了馒头、水、罐头、饺子、弹药。但因为李班长等战友的牺牲大家很悲伤,都没有吃饭,也不觉得饿,只有满腔仇恨。没有人说话,一天失去12名战友,特别是李乾坤班长,他生前把战士为人民办的好事一点一滴都记录在他的独特笔记本上,并向排、连、营、团首长汇报,唯独没有记录自己的一个字,甚至连名字都没写。他对战士的爱,对党、对祖国的爱,体现在他把五星红旗随身携带,一有时间就拿出来一个人默默地瞧、默默地念,给大家讲五星红旗的故事和其他战斗英雄的故事,等等。他是我终身老师,他是我做人的标杆。

司务长传达狄进喜副团长指示:你们今天面对20余架飞机、5个重炮群,40余辆坦克的轰炸,打垮美骑一师两个营的轮番攻击,打死打伤敌人290余名,其中有一名校级军官,两名中尉军官,这是了不起的胜利。12位战友牺牲了,大家都很难过,血债一定要用血来还。希望同志们做好打大仗、打恶仗的准备,明天敌人可能用两个甚至三个团攻击,你们一定要守住阵地,为牺牲的战士报仇。

"我们保证完成任务,讨还血债!"大家异口同声回答。打了一天仗,又没有吃饭,闫指导员便亲自来到阵地做工作,他对大家说:同志们,为了迎接明天的战斗,为了报仇雪恨,我们吃好饭,睡好觉。说着,他带头拿两个馒头大口大口地吃,大伙也跟着吃。饭后除哨兵外,大家都在坑道里睡觉。而敌人由于怕我们袭击,打了五个照明弹悬挂在上空,把阵地表面照得雪亮,为他们壮胆。山坡上还有敌人最后留下的尸体和不能动弹的伤兵"叽里呱啦"地微弱的呼救声。夜静悄悄的,除了敌人散布在山坡上的武器有微弱的反光外,所有的土地都被凝固汽油弹和火焰喷射器烧得黑熏熏的,连昆虫的叫声也没有,静、静、静!!!

10月4日是战斗最激烈的一天,首先四二三团防守的东北面夜月山失守了,四二一团防守的西北面418高地也已失守。把夜月山、天德山、418高地用线段连接起来,是一个钝角三角形,钝角的顶点在南面是天德山,距东北面夜月山主峰只有300多米,距西北面的418高地主峰有500多米。由此可见,天德山的防守是三面受敌,对坚守十分不利。敌人有美骑一师、美三师、美二十五师、李承晚警卫伪十师、希腊营,这些都是王牌军。从我们抓获的美军俘虏口中得知,美骑一师在进攻中伤亡很大,一天战斗中要补充两次、甚至三次兵员。有的从南朝鲜运来,有的从日本运来,有的从川东港口运来,刚到朝鲜没几天就成了我们的俘虏。

天亮了,敌人在天德山阵地前集结两个步兵团,70余辆坦克、另外还有24架飞机、五个远程重炮群,准备再次对我阵地实施地毯式轰

炸,并在战术上作了很大调整:

攻击时间提早,太阳刚从东方地平线上放射出万道金光,敌人的老油条(炮兵指挥机)就飞到天德山上空拉白烟,"呜、呜、呜"怪叫,这一天集团冲击11次。

以前每次冲杀后,中间要抢救尸体和伤兵,为此敌人的炮弹主要落在我方阵地上方或后方,掩护他们拖拉尸体和伤兵。10月4日这一天,敌人取消了抢救尸体和伤兵这个环节,他们冲击失败以后紧接着炮轰,那些尸体和伤兵都变成了炮灰。

远程重炮轰炸密度远大于前几天,以前炮弹在阵地前沿从左到右,又从右到左,反复轰击,这天轰击是阵地前沿和阵地上同时轰炸,不分前后左右,炮弹爆炸声分不出个数,一片轰隆隆的爆炸声。阵地表面工事全部被摧毁了,虚土有一米多深,随便抓一把土,里面都有弹片或子弹头或碎骨头,工事无法修复,我们只能利用弹坑作为掩体和敌人拼杀,近距离拼搏或夜战是我们强项,无论哪个国家的陆军都不是对手,美国人也不例外。所以10月4日这一天,连续打退敌人11次集团冲击。

由于夜月山和418高地失守,天德山阵地三面受敌,部队伤亡很大,打退敌人第九次冲锋时全连只有12个人。更严重的是手榴弹、轻、重机枪、冲锋枪子弹都打光了,连长杨宝山烧毁文件,砸碎手表抱起石头从五米高岩壁上跳入敌群,只身与敌拼杀,把敌人吓呆了,最后壮烈牺牲。八班副班长尚玉芝跳出战壕,举起枪托砸死一个敌人,他也牺牲了。团员张作忠的一只眼睛被打瞎了,耳朵也被打掉一只,他跳出战壕和敌人扭打,紧紧的地咬着敌人的耳朵,当他与敌人同归于尽时,嘴里还咬着敌人的耳朵。英雄张祚义,打死27个敌人之后,负了重伤,当敌人冲到他跟前时,他猛然翻身起来把敌人按倒在地,硬是把鬼子掐死,自己也壮烈牺牲,死后还紧紧地抓着敌人的头发。我们就这样打退敌人第10次冲击,守住了阵地。

大约下午5点左右,敌人集结两个步兵营的兵力开始了第11次攻击。指导员闫成恩把我们八个伤兵员组织起来,大家拣了许多石头和木块准备最后搏斗。敌人距我们只有10米远时,姚振华喊我:"小李子,立功的时候到了,把爆破筒丢下去。"我怀着万分仇恨的心情从山上往山下甩出第一根爆破筒,在离我们15米远的敌群中爆炸了。第二根爆破筒我丢了80米左右,把敌人的轻重机枪全打哑巴了。第三根甩在山下40米左右,再次在向我阵地冲击的敌群中开花,发挥了它的最大威力。后来友军炮指挥观察所说我丢下的三根爆破筒,致敌死伤80多人。就这样击溃了敌人两个步兵营的进攻,守住了阵地,天色渐渐暗了下来,敌人丢下满山的尸体和伤兵滚了回去。

经过几天的激烈战斗,我们连也付出了惨重的代价,全连只留下八个伤员,闫成恩指导员、王副连长、姚振华排长、战士向国玉、我,还有三名战士我不记得名字了。天黑以后,我在阵地前沿敌人的尸体上找水和饼干,没找到,却拣回了十几块全自动手表和十五只派克钢笔,都交公了。

10月4日晚上12时,上级命令我们主动撤退。我们在闫指导员带领下,经过三个多小时的行军,八个人全部撤退到了师部,并转入休整。11月22日,中国人民志愿军领导机关授予连队"天德山英雄连"荣誉称号,并记集体特等功。

杨根思连

"杨根思连"是人民解放军某部三连的荣誉称号。这个连队是1932年闽东"蓝田暴动"中诞生的红军连队，参加了艰苦卓绝的南方三年游击战争。抗战时期，连队作为新四军的一把"尖刀"，在夜袭浒墅关、火烧虹桥机场、决战黄桥等战役、战斗中屡建奇功。解放战争中，连队先后参加了鲁南、宿北、莱芜、孟良崮、豫东、淮海、渡江和解放上海等重大战役，每战必有战斗英雄或班排英雄集体涌现。抗美援朝战争中，诞生了闻名全国的特级战斗英雄杨根思。1951年12月，志愿军总部把该连命名为"杨根思连"，这是我军第一支以英雄的名字命名的连队。

杨根思和杨根思连

1950年10月，三连随所在部队入朝参战，在第二次和第五次战役、华川阻击战以及金城南防御战中,都担负所在部队最重要的任务,打出了军威国威。在二次战役分割围歼咸镜南道美军的战斗中,时任连长杨根思奉命带一个排扼守下碣隅里外围1071高地东南小高岭,负责切断美军南逃之路。在杨根思的指挥下,全排顽强抗击,接连击退美军在飞机、大炮掩护下的八次集团冲锋。到最后阵地上只剩下杨根思和另外两名伤员,子弹也打光了,这时又有40多个美陆战一师的士兵围攻上来。杨根思命令伤员带着机枪撤下阵地,自己从容地抱起仅有的一个炸药包,拉燃导火索,纵身扑向敌群,与爬上阵地的美军同归于尽。战后,志愿军总部授予杨根思"特级英雄"荣誉称号,并命名连队为"杨根思连"。

"不相信有完成不了的任务,不相信有克服不了的困难,不相信有战胜不了的敌人。"这是杨根思在朝鲜战场上立下的誓言。虽然老连长牺牲了,但杨根思的精神代代相传,鞭策着战士们执着、勇敢、上进。和平建设时期,连队圆满完成了教育训练、战备值班、国防施工、抢险救灾和保卫边疆等重大任务。连队党支部多次被中组部和总政治部表彰为"全国先进基层党组织""全军先进基层党组织",先后被军区授予"卫国英雄连""基层建设模范连"等荣誉称号,19次被集团军以上领导机关树为基层建设标兵连,荣立集体一等功2次、二等功8次、三等功23次。

抗震救灾显本色

2008年5月12日发生的汶川特大地震,震撼了中华大地,也震动了远在千里之外的"杨根思连"全体官兵。为了人民的利益勇于赴汤蹈火的英雄传统，早已融入新一代"杨根思连"官兵的血液中。战士们心系灾区，纷纷向党支部递交请战书、决心书。12日夜连队接到紧急驰援汶川的任务后，连长李修洋、指导员范超幸立刻带领连队随所在部队踏上征途。经过两昼夜紧急开进，部队于15日凌晨到达上级指定任务区——与地震中心汶川只有一山之隔的彭州。

当时，地震已经发生了三天，救援遇难者的"黄金时间"就要过去了，可是彭州的灾情还不清楚，特别是号称成都后花园的旅游胜地龙虎门山镇、银厂沟一带，地震造成山体滑坡，道路中断。这里原有800多家宾馆和"农家乐"，而此时整个地区都成了废墟，当地居民、外来游客生死不明。旅长唐岩峰、旅政委彭玉斌亲临现场指挥并做出指示："老百姓的求救声就是主攻方向，哪里有幸存者就往哪里冲！"并把探路侦查任务交给了"杨根思连"。接到任务后，指导员范超幸的战前动员简短有力："彭州就是小高岭，我们就要像老连长那样去战斗！"接着就和连长带着党员突击队边搜救边前进，为后续部队进入灾区标示道路，架设浮桥。当时情况非常危急，多处山体滑坡、桥梁垮塌，余震不断，随时有山石滚落。官兵们为了抢时间，不顾个人生命危险奋勇向前。山区居民分布零散，为了加快搜救进度，连长李修洋找到了当地群众做向导，派出了八名官兵专门询问搜救线索。部队加快速度，再加快速度，不惜一切代价，不放过一个角落！当搜救到陡红岩时，连队接到消息有四名六十多岁的老人被困在陡峭的岩壁上。地震已彻底破坏了上山的路，李连长、范指导员马上做出紧急部署，从正面、侧面、背面分三组上山救援。指导员范超幸带着突击队员冲在了最前面，从最危险的正面，通过两根攀岩绳从80多度的断岩攀了上去，找到了被山石困住的老人。当濒临绝境的老人看到从天而降的解放军战士时激动得说不出话来,用颤抖的双手紧紧地抱住了战士。战士们边安慰老人边用树枝做成简易担架把四位老人平安转移到了安全区域。

当灾后重建工作全面展开的时候,"杨根思连"奉命开进地震中破坏极为严重的草坝村。在那些难忘的日子里,官兵们不顾疲劳,日夜奋战,清理地震废墟,掩埋遇难者遗体,为每户村民都修建了遮风挡雨的过渡房,和当地百姓结下了深厚的感情。看到村民灾后生活清苦,连队就把收到的慰问品分送给受灾的群众。看到草坝村孩子们上学必经的铁索桥桥板被震落,战士们就上山采石加以修补。一个雨天桥还未修好时,孩子们放学了,战士们担心孩子们的安全,就一个挨着一个趴在铁索上形成了一道铁索人桥,让孩子们在战士们身上一个一个的爬过去。那段时间灾区进入多雨季节,一阵风雨把一座刚刚搭好的简易房顶的遮雨布掀开了,战士们见状,毫不犹豫地顶风冒雨爬上屋顶,用身体压住遮雨布。在场的老乡看到这样的场景,不禁热泪纵横。第二天,是传统节日端午节,自己都吃不饱的群众却给战士们送来了一串串热气腾腾的粽子,虽然整个连队只是象征性地留下了10个粽子,每个班只分一个,但这份军民鱼水之情却被深深地记在了每一位官兵的心中。

7月23日,"杨根思连"完成抗震救灾任务奉命返回部队。开拔的那天早上,虽然严格保密,乡亲们还是全部出动赶来送行,平时不到五分钟的车程却整整一个半小时还没开出草坝村……

在汶川地震总结大会上,"杨根思连"被中共中央、国务院、中央军委授予"抗震救灾英雄集体"荣誉称号。

砺兵演训场

刚刚从四川抗震救灾一线凯旋,稍作休整,"杨根思连"又要迎接新的挑战,参加上级组织的军事演习。开战在即,且演练的对手实力强劲,组建至今尚无败绩;装备先进,是目前我军信息化建设水平最高的一支机械化部队。面对强劲的对手,连队非但没有怯意,反而激起了高昂的斗志,各班纷纷向连旗宣誓、在连旗签名。

面对演练对手的精良武器,官兵们按旅长唐岩峰"剑不如人,剑法要高于人"的指示,研究对手过去对抗的纪录片,分析对手的打法、招数,设想了100多种可能发生的情况,一个细节一个细节地反复推敲。他们跨大区长途开进,到达对抗演习现场——华北某战术训练基地,并根据演练课题内容、组织形式、演练对手和演练地区自然环境,加强针对性训练。由于训练基地所在地海拔高,气温低,风沙大,很多战士的嘴唇被风吹裂,但训练热情一点也没有降低,部队每天坚持训练十几个小时。

演习开始了。凌晨4时,随着三颗红色信号弹的腾空,一场信息化条件下联合战术集团机动攻防战斗打响。当"杨根思连"的一个排乘坐步兵战斗车攻上"蓝军"3号高地时,突然"蓝军"的六辆坦克迎面扑来。"敌人"的兵力远远超过了战前的侦查和预想,面对敌强我弱的战场态势,"杨根思连"指挥员迅速改变原来作战预案,果断采取了"迂回包围,正面牵制"的战术。他们让步战车迅速出击吸引"敌"坦克的注意力,步兵下车徒步冲击,对"敌"坦克形成合围之势。由于当地海拔高,空气稀薄,跑步行进300米都不容易,可"杨根思连"的战士们一口气冲击前进了1500米,包围了敌方坦克,赢得了胜利。曾任过奥运安保旗手的于帅帅一鼓作气冲到了最前面,将"杨根思连"的大旗牢牢地插在了"蓝军"的阵地上。此刻,在演习的参观台上,前来观摩的外国军事参观团的将校军官们不得不佩服中国新一代军人的战斗素质。

担承"新使命"

"杨根思连"一直是战场上打头阵、训练中当先锋的标杆连队。连队党支部按照科学发展观的要求,确立了"抓中心、带全面"的建设思路,提出"军事训练当先锋、全面建设创一流"的口号,努力以训练士气带动工作劲头、以训练尖子带动各类人才、以训练创新带动科学发展。

新形势下,连队依据训练大纲的要求和多样化军事任务的需要,及时地设置了高技术、信息化和特种作战知识的学习内容,干部、骨干人人能使用多媒体教学、网上模拟演练、灵活应用多种通信工具,战士个个会上网学习、常用英语对话、海上武装泅渡和应急处突。

随着中国特色新军事变革浪潮的不断推进,连队坚持用党的创新理论加强核心军事能力建设,激励官兵用杨根思"三个不相信"精神更新观念、激励斗志、锤炼素质,加快转型建设和信息化作战能力的跃升,带动了部队的整体发展。

链接一

　　杨根思是中国人民志愿军第一位特等功臣和特级战斗英雄,中国人民志愿军第一位"朝鲜民主主义人民共和国英雄"。"特级英雄"称号——我军至今仅有杨根思和黄继光获得过这一级别的荣誉。

　　杨根思1922年出生在江苏省泰兴县一个农民家庭里。很小的时候就在上海资本家的工厂做童工,失业回乡后又给地主家做"牛倌"。1944年他光荣地成为新四军的一名战士。由于表现突出,1945年11月,光荣地加入了中国共产党。在作战中,他机智勇敢,曾在围歼泰安守敌的战斗中,用18颗手榴弹夺取制高点;在鲁南郭里集战斗中,三次把拉雷投到敌地堡前;在齐村战斗中,他连续爆破守敌碉堡群;在淮海战役第三阶段,他奉命率一个加强排攻击夏砦国民党守军,机智的摧毁一组暗堡群,还俘房了近一个排的敌人。

　　1950年10月,参加中国人民志愿军赴朝作战。11月,在抗美援朝战争第二次战役分割围歼咸镜南道美军战斗中,时任志愿军某部三连连长的杨根思,奉命带一个排扼守下碣隅里外围1071.1高地东南小高岭,负责切断美军南逃退路。28岁的杨根思是新四军老战士,参加过淮海战役等大小数十次战役战斗,多次荣立战功,是著名的战斗模范和爆破英雄,但这样残酷的战斗,他也是头一次经历。

　　29日,号称"王牌"军的美军陆战第一师开始向小高岭进攻,敌人猛烈的炮火将大部工事摧毁,他带领全排迅速抢修工事,做好战斗准备,待美军靠近到只有30米时,带领全排突然射击,迅猛打退了美军的第一次进攻。接着,美军组织两个连的兵力,在八辆坦克的掩护下再次发起进攻,他指挥战士冲入敌群,用刺刀、枪托、铁锹展开拼杀。激战中,又一批美军涌上山顶,他亲率第七班和第九班正面抗击,指挥第八班从山腰插向敌后,再次将美军击退。美军遂以空中和地面炮火对小高岭实施狂轰滥炸,随后发起集团冲锋。他率领全排顽强抗击,以"人在阵地在"的英雄气概,接连击退美军八次进攻。

上午10时,打败美陆战第一师发起的第八次冲击后,全排只剩下两名伤员,所有的弹药全打光了,美国鬼子眼瞅着又要冲上来了。杨根思平平静静地把最后一个炸药包放在自己跟前,又平平静静地对两个伤员说:"你们下去,把重机枪带下去,不能留给美国鬼子。""连长,你……"伤员们不想扔下自己的连长。"这是命令!"杨根思斩钉截铁地说。"是!"伤员哽咽着给杨根思行了个庄重的军礼,拖着重机枪爬下了阵地。当美军陆战第一师40多个鬼子冲上来时。杨根思从容地站起来一把拉着了导火索,大步向美国鬼子冲了过去。美国兵根本没想到志愿军有如此敢于牺牲的精神,他们谁都没开枪,觉得一个人嘛,能怎么样。待杨根思抱着炸药包到了跟前,才发现哧哧冒烟的导火索,吓得"哇"的一声扭头想跑。

一声巨响。敌人腐烂变泥土,勇士辉煌化金星!!!

战后,中国人民志愿军领导机关为杨根思追记特等功,并追授"特级英雄"称号,命名他生前所在连为"杨根思连"。朝鲜民主主义人民共和国最高人民会议常任委员会追授他"朝鲜民主主义人民共和国英雄"称号和金星奖章、一级国旗勋章。中国人民志愿军司令员彭德怀题词赞誉他是"中国人民的优秀儿子,国际主义的伟大战士,志愿军的模范指挥员"。

2009年9月14日,他被评为100位新中国成立以来感动中国人物之一。

链接二

蓝田暴动:1932年9月14日,在福建福安县委的领导下,闽东北工农游击第一支队和农会骨干30多人,里应外合,夜袭福安溪北洋蓝田地主民团,速战速决,处决作恶多端的民团教官黄祖孝,缴获18支枪,一把军号。这就是威震闽东的福安"蓝田暴动",它极大地振奋了广大农民的斗争情绪,震慑了地主豪绅的嚣张气焰,推动了闽东地区武装斗争的开展。蓝田暴动后,"闽东北工农游击第一支队"的旗帜公开打出。

渡海先锋营

　　1950年,人民解放军某部一营在"无风三尺浪,有风浪一丈"的海面上,以其过硬的军事素质和卓然胆识,以21艘木船偷渡琼州海峡成功,创造了木船打败敌兵舰的奇迹与神话,为解放海南岛提供了战略依据,一营被上级授予"渡海先锋营"荣誉称号,全营1250名官兵人人记大功一次。

　　1949年底,两广战役结束,华南沿海地区已全部解放。蒋介石不甘心其在大陆的失败,把原来驻海南岛的守军与大陆逃往海南岛的残部临时整编为5个军、19个师、1个海军舰队、1个船艇大队,号称10万大军,由薛岳统一指挥,建立起陆海空立体防线,抵抗解放军的进攻。薛岳字伯陵,其防守体系称之为"伯陵防线"。国民党军大肆吹嘘"伯陵防线"固若金汤,"连鸟都飞不进去",企图依靠琼州海峡天然屏障,凭险据守,重整旗鼓,把海南岛作为反攻大陆的基地。而海南人民在国民党政权统治下仍处于水深火热之中,渡海作战、解放海南岛已迫在眉睫。

精心谋划,认真准备

建国初期,我人民解放军海军装备十分落后,当时,我军渡海部队不仅面临航渡距离远、水流急的困难,而且登陆点均在我军炮兵射程之外,无法对渡海部队进行火力掩护;而国民党部队的军舰则能驶到中流,对我军渡海部队实施炮火拦截。同时,岛外敌飞机可随时从空中支援守岛的国民党部队,而我军空军部队刚刚组建不久,短期内难以投入实战。

在这种的情况下,1950年2月1日,中共华南分局第一书记兼广州军政委员会主席叶剑英和十五兵团司令员邓华、政委赖传珠在广州召开作战会议,确定了渡海作战分批潜渡与主力强攻相结合的指导方针,即首先组织部队偷渡,与琼崖纵队主力会合,以增强岛上的作战能力,尔后主力部队实施大规模的强渡登陆,内外策应,共同歼灭岛上的国民党守军。根据上述方针,兵团决定由四十军、四十三军各派一个营分别先遣潜渡,由三八三团一营首先执行这一光荣任务。

当时,我军还没有大批的机帆船来保证渡海,只能以木帆船为渡海工具。当渡海部队接到解放海南岛的任务时官兵们信心十足,他们在汹涌澎湃的大海边扎营后,一场规模空前的海上大练兵伴随着广泛的思想动员开始了:练游泳、练登船、练起渡、练摇橹、练救护、练抢滩、练登陆……

同时部队还做了很多准备工作,包括思想上的准备和物资上的准备。战士们大都是北方人,第一次看到一眼望不到边的大海深受震撼。为了把这些'旱鸭子'训练成'海军陆战队',战士们住进渔民家中,虚心学习驾船技术。刚开始坐船出海,所有的"旱鸭子"都是又吐又晕,晚上躺在床上也头晕。渔民们很耐心地教战士们学习撑船、起渡等技术。当时的渔民不仅受国民党压迫,还受到渔霸的欺压,生活极度贫困。解放军战士和渔民相处的过程中,严格遵守纪律,不拿群众一针一线,渔民们深受感动,和战士们相处堪称"鱼水情深"。他们悉数向战士们传授渡海技术,两个月后战士们基本适应了船上作业,不再晕船,也知道看海水的流向和涨潮落潮了。

湛江驻地附近有一个老渔民被称为"土气象台",擅长观察气象,战士们每天围住他问哪天会有大风?因为当时的渡海工具只有木帆船,必须有风才能起航。连续好多天老渔民一直说没有风,战士们感到很焦急。有一天,老渔民去找部队首长,郑重地说,3月10日这天有东北风,伴有大雨。事实证明,他说得很准。

其他准备工作也陆续到位,战士们期望早日登陆海南岛,随时等候首长下令出发。

攻破海峡天险防线

一营时任的营、连两级领导干部分别是:营长孙有礼,教导员王恩荣,副营长于日仁,副教导员王佩琚;一连连长翟恩莲,指导员冯嘉仪;二连连长李树亭,指导员张家骧;三连连长李庆生,指导员宋占奎;机枪连连长许风宗,指导员李克俊。

3月10日,一营全体官兵及团直属步炮连、警卫连、侦通连各一部共1000多人,在团长徐芳春、政治处主任刘庆祥率领下,肩负着特殊的历史使命,乘上21艘战船,整装待发。中午12时,随着起航的号角响起,船队离开了碙洲岛,浩浩荡荡地驶向大海。为了适应当时的战术要求,出其不意地打击敌人,一营选择在恶劣的气候条件下,沿400余里的漫长航线,冲向海南岛。

船队在大海中冒着狂风暴雨前进。帆船在茫茫的海面上下起伏,几乎要被波涛漩涡淹没。船与船之间的距离拉得很远,互相联系非常困难。只有夜间引航灯在远处忽明忽灭,其他信号几乎都失去了作用,形成"船自为战"的局面。一连副连长李相三乘坐的船航行了不过三四十里,船底即被打掉一块一尺长半尺宽的板子,全船指战员马上与风浪和海水展开搏斗。李相三把一床棉被卷起来堵住漏洞,然后自己坐在上面。即使是这样,海水仍不断涌进船舱,战士们用瓢、盆、茶缸等来淘水,凡是可以淘水的工具都用上了。

在这样大的风浪中航行,连不少老船工都晕船。先是吐饭,然后吐酸水、吐血。但是,任何困难都不能阻止一营的前进。船队连续穿过了九屏沙、铜罗沙、七洲岭,经过海上20多个小时的顽强拼搏,于11日8时许陆续在海南岛赤水港一带胜利登陆。面对突如其来的我军先锋部队,敌人措手不及,惊恐万状,其抵抗很快在我军的火力打击下败退了。

打乱敌军"清剿五指山"的计划

一营的成功登陆,彻底打乱了敌人的守备部署,薛岳不得不改变"清剿五指山"的计划,急忙调集了四个团的兵力,对我登陆部队进行跟踪、围剿、分路合击,企图拔去这把插入其心脏的尖刀。在潭门,敌暂编十三师两个团对我一营实施围攻。一营在琼涯纵队独立团的配合下主动出击打击敌人。经过三个多小时的激烈战斗,毙伤敌人130多人,敌一团长被击毙,俘虏副营长以下200多人,败兵溃不成军、仓皇逃窜。

初次战斗即教训了敌人,但垂死挣扎的国民党军绝不肯善罢甘休,进一步加紧了对我登陆部队的"围剿"。一营从此在敌人的重围中,转战千里,艰苦奋战39天。在这一段战斗生活中,为了随时准备转移和打仗,战士们吃饭睡觉都抱着枪;上不见天、下不见地的大森林成了一营的宿营地;马蜂蛰、蚊子咬,树枝划破手脚;鞋子烂了,脚磨破了,还继续在荆棘中、石头上行走;许多人生了皮肤病、发疟疾……战士们忍受着难以想象的困难和艰苦,坚持和敌人战斗。在海南人民的积极支援下,一营和琼崖纵队独立团先后打垮和消灭了敌人暂编十三师、教导师及所谓的"王牌"三十二军两个团,两次完成接应兄弟部队登陆的作战任务。

第一次接应三七九团登陆,一营奔袭百余里,穿过重重障碍,突破所谓"伯陵防线",直插前头坡海岸;与兄弟部队胜利会合后,又回戈一击,捣毁敌海防据点塔市、迈德,俘敌教导队军官130多人。渡海先锋队的增加,更使敌人手忙脚乱。薛岳急调三十二军两个团疯狂"围剿"。在钟瑞市进行的五个小时激烈战斗中,一营二连坚守在112高地上,冒着猛烈的炮火攻击,打退了敌人的轮番进攻。三排战斗至仅剩九个人,仍然坚守阵地,最后配合兄弟部队出击,一举歼灭该敌。

第二次(4月17日)接应大军主力部队登陆,一营在大吉村一带阻击敌人。他们就像铁壁,挡住从海口、澄迈来的两个师援敌。在104、

105高地，一连从凌晨4点坚持战斗到下午2点，在兄弟部队配合下打退了敌人的进攻；接着乘胜追击，一举攻入敌人的老巢——福山市，俘敌300余人，打开了主力部队插向敌人内部的通道。在随主力部队进入黄竹、美亭的战斗中，二连又歼灭了夺路逃跑的300多敌人。后来，一营即随同主力部队追击敌军。4月30日至榆林港配合兄弟部队全歼守备之敌。

登陆成功，守岛建设立奇功

一营在渡海战役中，涌现出大批英雄模范人物：强占英带伤与敌近距离搏斗，用枪托打死三个敌人；于德和三次负伤不下火线同敌人进行顽强拼搏；李相振小组战斗到最后一个人仍坚持到底；叶安能与敌人拼刺刀夺过敌人的枪打死敌人；三连二排副排长张友与七个战友，同敌人肉搏到最后，全部壮烈牺牲。还出现了战斗英雄连长李树亭、模范指导员张家骧、模范副指导员丁占祥等获大等功以上者16人。营党委12名成员有4名壮烈牺牲，他们是：王佩琚、冯嘉仪、张家骧、许风宗。此外，团警卫连连长郭洪德带一个排作战，也壮烈牺牲。

一营先遣渡海登陆成功，给守备海南岛的敌军以沉重的打击，所谓不可攻破的"伯陵防线"被打开了一个缺口，动摇了敌人防守的决心，削弱了敌人的威风，长了我军的志气，增强了我军必胜的信心；还为我军提供了有益的渡海作战经验，为主力部队登陆加速解放海南岛创造了有利条件，得到了上级的鼓励和嘉奖。中共中央华南分局、十五兵团及广东军区通令嘉奖首批登岛部队，每人记大功一次。

海南解放后，先锋营随所在部队奉命驻守海南岛，守卫祖国的南大门，在海南军区的领导下，担负起保卫海南、建设海南的光荣使命。

1979年，一营参加自卫还击作战，全营官兵再立战功，被授予"攻坚英雄营"。后来部队编制几经变革，成为武警一支机动部队。

1998年夏，长江流域发生百年不遇的特大洪水，一营作为团先遣分队火速奔袭汉川，全体官兵再展当年渡海先锋的英雄本色，抢堵民乐闸、激战新河桥、苦战老灌湖、死守索子垸，历时40天的战斗，180名官兵用血水和汗水谱写了又一曲先锋之歌，被汉川人民誉为"汉江守护神"。凯旋归来，武警总部授予一营为"抗洪英雄营"荣誉称号，荣誉再一次属于英雄的营队。

航空兵英雄中队

广州军区空军航空兵某团一大队,组建于1951年。这个以神速、勇猛的"霹雳作风"著称的英雄集体。在抗美援朝和国土防空作战中,共击落敌机11架,击伤3架,自己无一伤亡。1964年,被空军授予"霹雳中队"荣誉称号;1965年,被国防部命名为"航空兵英雄中队"(中队建制后改为大队)。目前,该大队已连续39年保证了飞行安全,连续14年被上级评为先进单位,先后荣立集体三等功一次,集体二等功四次。

1954年夏天,一大队按照上级命令长途跋涉来到吉林郑家屯改装苏制米格-17F截击机,成为全空军最早组建的夜航大队之一。苏制米格-17F装备了机载雷达,可用于发现、截获并瞄准目标。由于装备的更新,战机夜间作战对地面设施的依赖明显减少,飞行人员在更广阔的天地里苦练夜间基本战术、战法和空地协同。

1956年9月30日下午16时,防空警报突然响起。16时04分,接到指挥所下达起飞的命令后,四架银白色的米格-17F同时开车冲上跑道,呼啸升空。脱离起落航线后,长机一晃机翼,紧随于后的三名飞行员立即打开加力,编队迅速爬高到4000米,进入海上待战空域。

这时塔台指示:"目标左前方20千米,高度4000,你们飞4500"。长机赵德安回头看了看身后僚机的位置,爬升到预定高度,并故意推迟了投副油箱的时间。几分钟后,僚机黄振洪报告:"发现敌机四架。"赵德安随即命令空中编队扔掉副油箱投入战斗,并命令二号机王铭砚:"你打左,我打右。"四架战鹰从敌后方包抄上去。敌机迅速分成两批急转180度进行摆脱。

我长僚机组随即分开制敌。赵德安和王铭砚紧紧咬住敌僚机组的两架美式F-84。F-84飞行速度比米格-17F小,但转弯半径也小,台蒋飞行员为了对付我米格-17F,专门研究了一套"圆圈战术"——利用F-84速度小的特点"切半径",把我机甩到外围去当"活靶"。此时,敌长机一看赵德安扑了上来,立即右转180度故意扩"间隔",敌僚机加大坡度,利用90度转弯切到内圈,企图攻击赵德安。

跟在长机后面的王铭砚果断下滑半滚,死死咬住了敌僚机,敌我相距不到600米,飞机转弯角速度远远超出了瞄准具活动光环的跟踪能力。格斗从4000米打到300米,四架战机已经转了14圈了。敌僚机随后带杆做了个上升转弯,王铭砚收油门带杆扣下了扳机,敌机被打得凌空爆炸。赵德安也抓住战机,将敌长机击成重伤。

1958年7月20日,广州军区空军副司令朱云谦来到一大队,在全体干部大会上作了关于入闽轮战的动员报告,正式下达了入闽作战命令。领受任务后,一大队全体人员日夜奋战,只用三天时间就完成了油封飞机的启封、检查、校验和飞行员恢复技术等所有战前准备工作。23日,部队前指率一大队所在团队进驻惠阳。27日,虽然天气不好,但全团15架飞机仍然按时秘密转场至汕头担负战斗值班(其余飞机也于两天后全部到达)。

1958年7月29日上午,汕头机场上空,阴云密布,阵雨绵绵,云底高只有150米,国民党军机常常利用这种天气的掩护前来骚扰。

10时43分,台湾空军四架F-84战斗机起飞后,迅速朝我汕头方向扑来。

11时07分,一直在指挥所注视敌机行动的林虎师长命令某团一大队的赵德安、黄振洪、高长吉、张以林四机紧急起飞,升空迎敌。11时11分,3号僚机高长吉报告发现敌机。

长机、大队长赵德安进行短暂的形势判断后,毅然摒弃僚机不能攻击的常规,当即命令:"你攻击,我掩护。"

高长吉见敌僚机向右转弯,马上瞄准,敌机又向左转弯,一直跟踪瞄准敌机的高长吉在相距169.5米时,按动炮钮,把敌机打得当即翻转,坠入海中……

2分30秒!

激烈的空战仅用了2分30秒,却创造了歼灭敌机三架,我毫无损伤的"三比零"辉煌战绩。

1959年5月29日15时47分,隐蔽于海上的一架B-17型敌间谍机窜入我大陆纵深,先进入广西,经梧州西北折向东南进入广东。23时08分,前线指挥所命令一大队飞行员蒋哲伦升空迎敌,12分钟后,指挥员李宪刚用暗语命令飞行员改换无线电波道,随后蒋哲伦采用"切半径"的办法抄到了敌机的身后。为了防止冲前,他果断收小油门,放出减速板,将飞行速度减至600千米,一边压40度坡度规避前方海拔1254米的天露山,一边以15米的下降率紧紧跟踪在敌机尾后。距敌3.2千米时,他成功地用机载雷达截获锁定了目标。距离抵近到800米,他用力压下扳机,打出一个两秒的连射,以至于自己的双眼被炮弹出膛时的火光刺得什么也看不见了,他完全凭感觉操纵着战机迅速脱离。等他恢复常态时,看到左下方有一团火光正在逐渐下落,他判断那是敌机,便一边向指挥员请求第二次攻击,一边冒着极大的危险,将速度减至450千米,再次扑了上去对准火光一顿猛打,直至敌机凌空爆炸方才住手。

0时02分,蒋哲伦安全返航了。这位胆识过人、技艺超群的飞行员,不仅创造了我人民空军首次夜空歼敌的光辉范例,成为世界空战史上用机载雷达击落敌机的第一人,而且他用自己的智慧和勇气再次诠释了霹雳部队敢打必胜的英雄气概,这一仗的胜利标志着这支部队从此成为全天候的蓝天卫士。

这个英雄中队的飞行员们以"神速、勇猛、顽强"的战斗作风被军委领导称为"霹雳雄风",被空军授予"霹雳中队"荣誉称号。

1964年,为扭转被动局面,空军决定让一大队专门对付蒋军的RF-101侦察机,以缓解东南沿海的防空压力。领受任务后,以高长吉等五名飞行员组成的小分队,立即飞赴广东兴宁,开始了紧张的战前针对性训练。

1965年3月18日,高长吉成功击落一架RF-101侦察机,RF-101的神话彻底破灭了。这一仗使"神速、勇猛、顽强"的战斗作风得以淋漓尽致地显现。

1965年4月3日,纪金章、董小海驾机跃上18100米高空,首次击落"火蜂"无人机,不仅给了美国人当头一炮,而且使该部队的作战空间从对流层拓展到了平流层,直接引发了部队以创新战术战法、扩大作战空间为主题的新一轮练兵运动,部队战斗力日臻成熟。

2004年秋天,上级安排一大队到某空域执行精确打击武器实弹打靶。这是一次近似实战的对地攻击实弹打靶。为了真正检验这种新型弹药的性能,上级对靶标进行了缩小处理,给对地攻击增加了难度。

战机轰鸣,晨曦中从停机坪滑向起飞线的新型战机喷射出让人眩晕的气流。大队长邓琪、飞行员张治华驾驶挂载着新型精确打击武器的新型战机,昂首升空。

进入空域,战机上方苍穹湛蓝,战机下方茫茫戈壁,一望无际,飞行高度略微贴近地面,战机强大的气流就会卷起沙尘。目标截获,电视制导画面中,方形靶标露出了庐山真面目。是怎样的一个小点呢?张治华向窗外看去,还没有进入目视范围,眼睛余光不自觉向后方机翼看了一眼,新型精确打击武器就要发挥作用了!张治华定了定神,沉住气,再次确认目标已牢牢锁定后,向前舱发出了攻击信号。

邓琪果断按动了发射按钮,导弹拖着尾焰蹿了出去,很快在视野中消失。

此刻,时间好像停滞了。

就在这时,张治华看到目标处掀起了一阵硝烟,耳机里传来地面指挥员清晰的声音:"精确命中目标!精确命中目标!!祝贺你们!祝贺你们!!"

首枚导弹精确命中———"一比零"。

旗开得胜,大大鼓舞了飞行员的士气。董立、彭鑫华机组携带着两枚另一种精确打击导弹,也向这片戈壁上空飞了过来。

在预定的攻击距离上，一枚导弹从机翼下射出。几分钟后，多功能显示器上清楚地显示导弹正中靶心。

攻击并没有结束，董立机组要继续进行第二轮对地攻击，他们展现的是连续打击的能力。轰炸机又一次进入了攻击航线。

又是命中的好成绩。这是改装新型轰炸机以来第一个"三比零"。

"航空兵英雄中队"40多年前曾创造过"三比零"的战绩，今天得以延续，这是航空兵英雄中队新一代官兵对辉煌战绩的继续。

"神速、勇猛、顽强""霹雳"战斗精神是一大队成立60多年来一代又一代空中骄子的心血凝集和历史写照，也是新一代航空兵人孜孜不倦的追求。但是，历史的脚步已经走入21世纪，现代空中作战已经发生了翻天覆地的变化，他们拿什么来发扬光大前辈们留下的战斗精神？大队教导员郑华伟说："荣誉是靠付出攒来的，我们必须不断地为传统'霹雳'战斗精神注入新的时代内涵，绝不能吃老本。"为此，他们结合现代化部队建设规律和现代战争样式转变等特点，赋予"霹雳"战斗精神"神速中讲程序、勇猛中见果敢、顽强中有机智"的时代内涵，焕发出无限青春风采。

林县人民十年修建红旗渠

红旗渠是20世纪60年代,河南省林县人民在极其艰难的条件下,从太行山腰修建的引漳入林工程。被世人称之为"人工天河",在国际上被誉为"世界第八大奇迹"。

林县位于太行山东麓,河南省北部,与山西、河北接壤,耕地89万亩,约占总面积的三分之一,而水浇地仅1万余亩。当时全县约70余万人。

林县曾十分贫穷,全县山岭起伏,沟壑纵横,土薄石厚,十年九旱。"光岭秃山头,水缺贵如油,豪门逼租债,穷人日夜愁。"昔日林县人民世代挣扎于饥寒交迫之中。

新中国成立前,林县十年九旱,1640年、1769年、1835年、1877年都曾因缺水干旱发生过惨事。1942年华北大旱,加上日寇扫荡,国民党抢掠,全县10800户逃荒,饿死1650人。解放前40万人中,有28万人常年翻山越岭到几里甚至20里以外去挑水吃。一位媳妇挑水时,因不慎摔倒,把水倒了,回家上吊身亡。有的人被一桶水逼得妻离子散,悲剧不断。因为缺水,林县96%的地区是光岭秃山。

1944年林县解放,党和政府给林县极大的关注,先后打了两千余口井,但对一个地域广阔的贫困山区仍是杯水车薪。1957年县委发出"重新安排林县河山"的号召,修建了三座小型水库和英雄渠,但仍然摆脱不了干旱的威胁。多年同旱魔抗争的林县领导认识到,要从根本上解决干旱问题,必须采取引蓄相结合的方法,将山西的漳河水引入到河南林县,除此别无选择。但要用锤头、铁锨、双手在悬崖绝壁上开挖几千公里渠道及建造几千座附属建筑物并非易事。

林县人宁愿苦干不愿苦熬。在三年自然灾害威迫的形势下,1960年2月10日,县委召开了"引漳入林"实施大会。11日在县委书记杨贵的带领下,浩浩荡荡的建渠大军开赴太行山里漳水河畔。3.7万名农民组成的水利队伍进入各段工地,从此揭开了红旗渠工程的序幕。

按照县委部署,总指挥部将渠首到分水岭70多公里的干渠任务打桩立界,全部分配到15个公社。3.7万名民工挤在峡谷、山村,一是缺少住房,二是道路不畅,天气寒冷,困难重重,尽管山西省平顺县沿渠社队群众腾出230间房子,但远不够用。在这种情况下,大家都毫无怨言,自己动手,战胜困难,几个布蓬撑起来,就是指挥千军万马的总营帐,三个石头支起来,就是烧锅煮饭的伙房。有的住山洞,睡席棚,有的住在山崖下,白天到山上割草,夜里铺在石板上便是"床"。有的村庄优先照顾妇女,搭起席棚先让她们栖身。有人赋诗曰:"蓝天白云做棉被,大地荒草做绒毡,高山为咱站岗哨,漳河流水催我眠。"这首诗既反映了当时条件的艰苦,又反映了林县人民的豪迈与乐观。

俗话说,在家千日好,出门时时难。城北大队40多名妇女挤着坐在一个席棚里,被子潮湿,不能挨身,天晴时拿到阳光下晒晒还好过,就怕阴天晒不成,人和被子都遭殃。连长见有人擦眼泪,急忙安慰:"困难是暂时的,咱不吃点苦把漳河水引回去,能让子孙后代一直种旱地吃糠咽菜吗?谁愿意叫孩子打光棍娶不上媳妇呢?咱们受点潮挨点冻,为的日后有水喝,有粮吃,睡个暖和觉。"一席话说得大家都笑了。泽下公社几个村的民工住在山沟里,啃着冷窝头,喝着山泉水,两天没吃上热饭,谁都没发牢骚,大家心里想的是修渠,为的是建设自己的新山区。除险队长任羊成带领民工们在悬崖峭壁上排除险石,常年吊在悬崖上,几次从半崖上摔下来。他的背上被保险绳磨出了厚厚的茧子,掉到荆窝里,浑身扎满了枣刺,一次房东大娘从他背上挑出了70多根枣刺,石头落下砸掉了三颗牙,也不下火线。当地人都说:排险队长任羊成,阎王殿里报了名。

1960年春,红旗渠首拦河坝工程,95米的坝体只剩下10米宽的龙口尚未合龙,河水奔腾咆哮,500多名共产党员、共青团员跳进冰雪未消、寒气逼人的激流中,排起三道人墙,臂挽臂,手挽手,高唱"团结就是力量",挡住了汹涌的河水……

红旗渠1960年2月开始修建,到1969年7月竣工。林县人民自力更生,自己建造了大部分材料。其中水泥自己制造了5170吨,占总量的77.1%;炸药自己制造了1215吨,占总量的44.3%;石灰自己烧制了14.5万吨,占总量的100%;所用的工具也是自己修的。在严重自然灾害时期,修渠民工每人每天只有0.5公斤原粮,1.5公斤蔬菜,在艰难的施工条件下,奋战于太行山悬崖绝壁上,逢山凿洞、遇沟架桥、削平了1250个山头,架设了151个渡槽,凿通211个隧洞,出现了许多可歌可泣的英雄事迹,有81名干部群众献出了自己宝贵的生命。他们的壮举铭刻于自力更生、战天斗地的红旗渠精神的丰碑之上,这悲壮的故事充分体现了红旗渠精神的伟大内涵,展现出不畏牺牲、前仆后继的创业风范。

条件是艰苦的,任务是艰巨的,但林县人民正是靠着自力更生、艰苦创业的精神,在共产党的带领下,铸成了这条人工天河——红旗渠。

红旗渠以浊漳河为源,渠首在山西省平顺县石城镇侯壁断下。总干渠墙高4.3米,宽8米,长70.6公里,设计加大流量25立方米每秒。到分水岭分为三条干渠,南北纵横贯穿于林州腹地。一干渠长39.7公里,二干渠长47.6公里,三干渠长10.9公里。红旗渠灌区共有干渠、分干渠10条,长304.1公里;支渠51条,长524.1公里,斗渠290条,长697.3公里,合计总长1525.6公里,加农渠总长度达4013.6公里。沿渠共建有"长藤结瓜"式一、二类水库48座,塘堰345座,提灌45座,利用红旗渠居高临下的自然落差,兴建小型水力发电站45座,已成为"引、蓄、提、灌、排、电、景"相结合的大型灌区。红旗渠建成通水40年来,共引水85亿立方米,灌溉面积8000万亩,增产粮食15.9亿公斤,促进了当地经济和社会事业的发展。在市场经济条件下,红旗渠精神的教育意义和生态旅游功能日益凸现,形成了以红旗渠爱国主义教育游和太行山大峡谷绿色生态游的"一红一绿"交相辉映的旅游品牌。红旗渠年均净创效益4000多万元。40年来共创效益17亿元,相当于建渠总投资的23倍。红旗渠被林州人民称为"生命渠""幸福渠"。红旗渠的建成,基本解决了林州水源匮乏、十年九旱的历史。它不仅从根本上改变了林州人民的生存条件,促进了林州的经济发展,而且孕育产生了红旗渠精神!

"自力更生、艰苦创业、团结协作、无私奉献"这十六个字是在红旗渠修建过程中形成的红旗渠精神。

林州人民在建渠的实践中体会到:团结起来,才能生存,才能使大山让路,河流改道。从开始谋划红旗渠的宏伟工程,到这一人间奇迹成为现实,时刻体现着共产党人无私奉献的崇高思想,渗透着新时期共产党人一切为了人民的高尚情怀。"红旗渠"精神正是共产党员战天斗地、全心全意为人民谋利益的一个光辉典范。

有条件要上,没有条件创造条件也要上。林州的昨天是一部血泪与苦难交纵的历史。红旗渠动工后,数万名建渠大军扛着自备的锹、镢、钢钎,背着行李,推着大小车辆,装着粮食、炊具,雄赳赳气昂昂地行进在县城通往漳河岸边的道路上。当时鉴于国家经济困难,县委提出了"以自力更生为主,国家扶持为辅"的造渠方针,创造条件,充分发挥自身的主观能动性,在险恶的环境中建功立业。建渠用的石块、水泥、炸药全部依靠自制,在红旗渠工程修建投资中,县、社、队三级自筹和农民劳务积累占到85.06%。

艰苦创业、众志成城。在极端困难的条件下,干部和民工同甘共苦,粮食不够依靠野菜、树叶充饥,忍饥挨饿,从事开山凿洞、抬石垒砌的重体力劳动,许多人得了浮肿病,但仍坚持轻伤不下火线。架通林英渡槽、打通王家庄隧洞、征服石子山、强攻红石崭、鹦鹉崖大会战,直至支渠全线完工,无不浸透着林县人民的智慧与血汗,这种精神正是中华民族繁衍、生存发展的民族魂。

红旗渠精神以独立自主为立足点,以艰苦创业、无私奉献为核心,以团结协作的集体主义精神为导向,既继承和发展了中华民族勤劳坚韧的优良传统,又体现了当代中国人的理想信念和不懈追求。今天的红旗渠,已不是单纯的一项水利工程,它已成为民族精神的象征。

雷锋班

　　1963年1月7日,中华人民共和国国防部命名雷锋生前所在的沈阳军区工兵某团运输连二排四班为"雷锋班"。数十年来,雷锋班始终走在学雷锋的前列,是一个人人是模范、年年当先进的光荣集体。

　　雷锋,一个微笑着的解放军战士虽已远去,但他的精神仍被传承。雷锋精神,来自中华民族的传统美德,在新的历史背景下,激励着一代又一代的中国人。雷锋没有远去,也不会远去。雷锋,不仅在中国家喻户晓,还成为一种象征、一个文化符号而走向世界。时尚青年的T恤衫上印着雷锋头像,国际T台上走秀的名模也扣着"雷锋帽"……这不是对雷锋的调侃,而是一种更自然的继承。雷锋是不可复制的,以助人为乐为重要内涵的雷锋精神却是人性的组成部分。

　　40多年来,200多名青年成为"雷锋班"的战士。他们在"雷锋班"当兵时间无论长短,都自觉以雷锋为榜样,做合格的"雷锋班"战士,始终走在学雷锋的前列,雷锋班命名以来,先后有四人当选为全国人民代表大会代表,一人出席全国英模代表大会,16人受到党和国家领导人的亲切接见,26人被提拔为部队干部。雷锋班的战士们一代一代立足本职学雷锋,安全行车400万公里,荣立一等功2次、二等功2次、三等功15次,是沈阳军区的红旗车单位。多年来,他们连续照顾驻地多位孤寡老人,义务献血20000CC,与全国400多所中小学校保持着密切联系,给中小学生写信3万多封,收到国内外群众来信13.5万多件。

近年来,"雷锋班"多次参加驻地抗洪抢险、全军军事演习等急难险重任务,出色地完成了各项运输保障等工作。在远赴非洲利比里亚执行维和任务时,他们冒着生命危险成功处置了有毒气体泄漏事故,赢得了当地人民的广泛赞誉。雷锋班的战士都为自己能成为这个光荣集体中的成员而感到自豪。这个班至今还珍藏着老班长雷锋传给他们的10件传家宝:雷锋读过的《毛泽东选集》、雷锋制作的节约箱、雷锋开过的第13号汽车、雷锋雨夜送大嫂用的雨衣、雷锋用过的枪、针线包和理发工具等。

历任班长:

张兴吉,雷锋班第一任班长。四川省蓬安县人,1940年出生,1959年入伍,1960年他任雷锋所在班班长。1962年雷锋不幸牺牲,1963年1月国防部授予"雷锋班"光荣称号的时刻,他代表全班接过了那面光荣的旗帜,荣幸地受到毛泽东、周恩来、刘少奇、朱德、邓小平等老一辈革命家的亲切接见,并同领袖们合影留念。历任班长、排长、连长和助理员,多次立功受奖,并当选过全国人大代表。1972年复员回到地方工作,现已退休。

庞春学,雷锋班第二任班长。1960年与雷锋同期入伍,1964年任班长,后任汽车教导连排长、连长、机械大队副大队长、后勤处运输股股长等职。荣立三等功2次。1982年转业,2002年获辽宁省雷锋奖章,2003年获全国中华爱国组织联谊会、中国关心下一代金星奖章。现已退休。

于泉洋,雷锋班第三任班长。1960年与雷锋同期入伍,1965年任班长,后任副连长、副营长、副团长等职务,荣立过三等功,多次被评为"学雷锋标兵"。1965年到北京参加国庆观礼,受到毛主席和周总理的亲切接见。1985年转业,现已退休。

曲建文,雷锋班第四任班长。山东省枣庄市人,1944年出生,1963年入伍,中共党员。1966年任班长,后任排长、指导员、团政治处主任、团副政委等职,带领班集体荣立过二等功、三等功,个人荣获"学雷锋积极分子""青少年良师益友"等荣誉。他荣幸地受到毛泽东、周恩平、朱德等老一辈革命家的亲切接见。1983年转业。多年来,他先后作宣扬雷锋精神的报告一千余场次,听众达100多万人次;亲自制作32块宣传雷锋精神的展板在山东省内宣传,还义务到枣庄市雷锋精神研究工作委员会工作。被山东省委命名为"青少年良师益友"、山东省优秀政治工作者等荣誉称号。

杨东顺,雷锋班第五任班长。辽宁省沈阳市人,1946年出生,1963年入伍,中共党员。1967年任班长,后任排长、干事、股长、指导员、教导员,先后8次立功受奖。曾受到毛主席、周总理、聂荣臻等党、国家和军队领导人的接见。1982年转业。现已退休。

周方和,雷锋班第六任班长。黑龙江省庆安县人,1949年出生,1968年入伍,中共党员。1969年任班长,后任排长、连副指导员,立功受奖8次,被评为"全军学雷锋积极分子",当选第四届全国人大代表,多次参加学雷锋报告会,1969年到北京参加国庆观礼。1979年转业到黑龙江省庆安县委工作,任庆安县委组织部组织员、庆安县计生办主任。现已退休。

张思荣,雷锋班第七任班长。黑龙江省木兰县人,1950年出生,1968年入伍,中共党员。1972年任班长,后任排长、汽车队队长,立功受奖8次。1976年转业。现已退休。在雷锋班最深刻的体会就是:人活着就是为了使他人生活得更美好。

曾树林,雷锋班第八任班长。四川省成都市人,1951年出生,1970年入伍,中共党员。1975年任班长,后任排长、副指导员、团政治处干事,先后7次立功受奖,曾当选为全国人大代表,1984年转业到四川省粮食厅工作。

祝星发,雷锋班第九任班长。1972年12月入伍,1976年任班长,后任排长、连指导员、团组织股股长、成都军区某团政治处主任。他在担任雷锋班班长期间,立足本职学雷锋,为战友和群众做了大量好事,是全团的技术尖子。在工作中先后荣立三等功2次,多次受嘉奖。1992年转业。2002年受到中共中央纪委、国家监察部通报嘉奖。2008年被推荐为北京奥运会火炬手。

杨宗波,雷锋班第十任班长。内蒙古自治区阿鲁科尔沁旗人,1955年出生,1974年入伍,1978年任班长,后任排长、指导员,先后10次立功受奖。1986年转业,曾被评为"内蒙古自治区先进工作者"。已病故。

宋若波,雷锋班第十一任班长。1976年入伍,1979年任班长,后任排长、指导员和该团后勤处政治协理员、营教导员、政治处主任,某炮兵团政委、中国人民解放军重庆通讯学院副政委,荣立三等功2

次。他说：雷锋精神和现在胡主席提出的核心价值观是一致的；《雷锋日记》不仅仅讲的是做好事的问题，更是怎么做人的问题，至今还是人生的良好教材。

马洪刚，雷锋班第十二任班长。1977年入伍，1980年任班长，后任排长、连长等职务，荣立三等功1次，多次被评为"学雷锋标兵"。1988年转业。

王显荣，雷锋班第十三任班长。1962年出生，1978年入伍，1982年任班长。1980年11月至1984年2月多次被评为雷锋标兵，3次受到团、营嘉奖。在部队退休后，仍积极参与青少年工作。

王威，雷锋班第十四任班长。辽宁省辽中县人，1963年出生，1981年入伍，中共党员。1984年任班长，多次参加宣传雷锋精神报告团，并被评为"学雷锋先进个人"，曾参加国庆35周年观礼，并受到邓小平、李先念等领导人的亲切接见。1986年退伍到地方工作，是雷锋班前十四任班长中唯一没有提干的人。

李仕库，雷锋班第十五任班长。1982年入伍，1985年任班长，后任排长、副连长。他到各地作雷锋事迹报告200多场次，出席了全军英模和全国劳模代表大会，被评为"全军优秀班长"，荣立三等功1次，多次受到各级嘉奖，3次获得"学雷锋银质奖章"。1989年到北京参加国庆观礼，先后受到胡耀邦、邓小平、江泽民、胡锦涛等领导人的亲切接见，现为某部干部。

朱华，雷锋班第十六任班长。1984年12月入伍，1988年任班长。他坚持不懈地向老班长学习，1990年3月沈阳军区授予他金质"学雷锋荣誉章"。后任连指导员，1991年到大连陆军学院学习。荣立一等功、三等功各1次。多次参加学雷锋座谈会，七次进京五次受到江泽民、李鹏等党和国家领导人的接见,并受邀国庆观礼、中央台春节晚会。2000年转业。

郑金宝,雷锋班第十七任班长。1986年12月从山东省诸城市入伍,1989年1月任副班长,同年5月入党,1990年3月任班长。他带领雷锋班荣立集体一等功、个人先后荣立三等功2次,多次受到上级嘉奖。1991年荣获沈阳军区颁发的铜质"学雷锋荣誉章"。1990年10月29日,在抚顺市雷锋纪念馆带领全班受到了江泽民总书记的亲切接见。1993年到大连陆军学院学习,2000年转业。

赵宏光,雷锋班第十八任班长。1969年出生,1987年11月入伍,1993年8月任班长。1994年10月1日被特邀参加建国45周年国庆观礼,并出席了国庆宴会,先后两次受到江泽民总书记的亲切接见。先后荣立二等功1次,三等功5次,被沈阳军区司令部评为"优秀共产党员""学雷锋先进个人",荣获沈阳军区颁发的铜质"学雷锋荣誉章"。1995年6月提干,现为某部干部。

李有宝,雷锋班第十九任班长。1990年入伍,1992年初到雷锋班当战士,1993年9月任副班长,1995年7月任班长,后任副连长、连长、装备处助理员、组织干事。荣立二等功1次,三等功2次。先后被部队和地方评为"学雷锋先进个人""抗洪抢险先进个人"等荣誉称号;1999年荣获沈阳军区颁发的银质"学雷锋荣誉章"。2000年被团中央、国家教委、全国少工委评为"全国优秀少先队校外辅导员",荣获国家教委、全国少工委颁发"一级星星火炬奖章"。先后受到江泽民、李鹏、胡锦涛等党和国家领导人的亲切接见。2004年到2005年远赴非洲利比里亚参加联合国国际军事维和行动,受到时任联合国秘书长安南的接见,并获联合国颁发的"国际维和荣誉勋章"。2008年转业。

齐兵,雷锋班第二十任班长。1977年出生,1995年12月入伍,1998年1月任副班长,同年9月任班长。荣立一等功1次、二等功1次,三等功4次。2000年被总政、团中央授予"扶助希望工程先进个人"称号,被沈阳军区评为"红旗车驾驶员标兵",被集团军评为"班长标兵",被抚顺市评为"文明好市民",当选全国第四次少代会代表。2001年8月保送到中国人民解放军军事经济学院襄樊分院学习,现为某部干部。

李桂臣,雷锋班第二十一任班长。1996年入伍,2002年任班长,现为某部干部。荣立三等功2次,多次参加"学雷锋座谈会",2003年当选为共青团第十五届代表,2004年赴利比里亚执行维和任务。他说,在这个集体中让我懂得了人为谁而活着、学会了怎样做人。

吴锡有,雷锋班第二十二任班长。1996年入伍,2005年任班长。荣立三等功5次,获得银质"学雷锋荣誉奖章"。2005年6月作为校外辅导员参加"全国第五届少年代表大会",并受到胡锦涛总书记等党和国家领导人的亲切接见。现为某部干部。

薛步瑞,雷锋班第二十三任班长。山东临沂人,2002年冬应征入伍,2005年3月调入雷锋班,2006年3月担任副班长,2006年9月任班长。荣立三等功1次,2008年荣获"军区红旗车驾驶员标兵""全军红旗车驾驶员标兵"等荣誉,并应邀到北京观看奥运会开幕式。

黄帮维,雷锋班第二十四任班长。2004年入伍,2009年任班长。荣立三等功1次,荣获铜质"学雷锋荣誉奖章""优秀共青团员""爱军精武标兵""学雷锋标兵""优秀班长"等荣誉。2008年参加奥运安保任务,2009年参加中俄联合反恐军事演习。

链接一

雷锋(1940—1962),原名雷正兴。是一位伟大的共产主义战士,是我国社会主义时期一代新人的光辉典范,雷锋在其短暂而光辉的一生中所体现出来的爱党、爱国、爱社会主义的坚定信念,刻苦钻研科学理论的钉子精神,全心全意为人民服务的崇高品质,助人为乐、无私奉献的高尚情操,艰苦奋斗、忘我工作的优良作风,对待同志要像春天般的温暖,对待工作要像夏天般的火热,对待个人主义要像秋风扫落叶一样,对待敌人要像严冬一样残酷无情等,给我们留下了宝贵的精神财富,产生了广泛而深远的影响。毛泽东主席在1963年3月5日亲笔题词"向雷锋同志学习",周恩来、朱德、邓小平、江泽民等党和国家领导人都先后题词向他学习。雷锋精神是中华民族传统美德与时代精神的完美结合,在建设中国特色社会主义的新时期,雷锋精神更加具有强大的生命力和感召力。

1940年12月18日,雷锋出生在湖南省望城县简家塘一个贫苦农民家里。因为这一年是农历"庚辰"年,家人给他取了个小名叫"庚伢子"。

雷锋出生的时候,正是抗日战争最艰苦时期,人民生活在水深火热之中。雷锋曾在一篇日记中写道:"我家里很穷,父、母、哥、弟,都死在民族敌人和阶级敌人的手里,这血海深仇,我永远铭记在心。"

雷锋的爷爷叫雷新庭,以租种地主田地谋生,整年辛苦劳作,但仍无法维持家人的生计,最后身染重病,卧床不起。到年关,地主前来逼债,要雷家在年前还清租债,雷新庭无力偿还,悲愤交集,在过年的鞭炮声中被活活逼死。

雷锋在不满7岁时就成了孤儿。邻居家的六叔奶奶收养了他。他为了帮助六叔奶奶家,常常上山砍柴,可是,当地的柴山全都被地主婆霸占了,不许穷人去砍柴。有一天雷锋到蛇形山砍柴,被徐家地主婆看见了,这个地主婆指着雷锋破口大骂,要雷锋把柴运到她家,并抢走了柴刀,雷锋哭喊着要夺回砍柴刀,可那地主婆竟举起柴刀在雷锋的左手背上连砍三刀,鲜血顺着手指滴落在山路上。雷锋赶忙捂住伤口,忍住疼,两眼瞪着地主婆,心想:"总有一天,我要报仇!"从此,雷锋手背上留下三条伤疤。1949年8月,湖南解放时,小雷锋便找到路过的解放军连长要求当兵。连长没同意,但把一支钢笔送给他。1950年,雷锋当了儿童团团长,积极参加土改。同年夏,乡政府的党支书供他免费读书,后来加入少先队。

1956年夏天,他小学毕业后在乡政府当了通信员,不久调到望城县委当公务员,被评为机关模范工作者,并于1957年加入共青团。1958年春,雷锋到团山湖农场,只用了一周的时间就学会了开拖拉机。同年9月,雷锋响应支援鞍钢的号召,到辽宁鞍山做了一名推土机手。翌年8月,他又来到条件艰苦的弓长岭焦化厂参加基础建设,曾带领伙伴们冒雨奋战保住了7200袋水泥免受损失,当时的《辽阳日报》报道了这一事迹。在鞍山和焦化厂工作期间,他曾3次被评为先进工作者,5次被评为标兵,18次被评为红旗手,并荣获"青年社会主义建设积极分子"的光荣称号。

1959年12月征兵工作开始后,雷锋迫切要求参军,焦化厂领导舍不得放他走。雷锋跑了几十里路来到辽阳市兵役局(现人民武装部)

表明参军的决心。他身高只有1.54米,体重不足55公斤,均不符合征兵条件,但因政治素质过硬和有经验技术,最后被破例批准入伍。参加人民解放军后,编入工程兵某部运输连四班,后任班长。他全心全意为人民服务,只要是对人民有利的事,都心甘情愿地去做,多次立功受奖,被评为节约标兵和模范共青团员。1960年11月入党,并被选为抚顺市人民代表。

1962年8月15日上午8点多钟,雷锋和助手乔安山驾车从工地回到连队车场,不顾长途行车的疲劳立即去洗车。当时,战士们在路边插了一排约两米高的晒衣服的木杆,顶上用8号铁丝拉着。雷锋让乔安山开车,自己下车引导,指挥乔安山倒车转弯。汽车的前轮过去了,但后轮胎外侧将木杆从根部挤压断。受顶部铁丝的作用,木杆反弹过来,正好击中雷锋的右太阳穴,当场将雷锋打昏在地。战友们立即用担架把他送到抚顺矿务局西部职工医院抢救,副连长又开车飞速赶到沈阳202医院请来医疗专家。但由于颅骨损伤,脑颅出血,导致脑机能障碍,不幸去世,年仅22岁。两天后,抚顺市望花区政府礼堂召开了隆重的追悼会,近10万普通市民自发地护送雷锋的灵柩向烈士陵园走去,很多人泣不成声。

雷锋被人们称为共产主义战士,是因为他有着高尚的理想、信念、道德和情操;他的价值,在于他把自己火热的青春全部献给了党,献给了人民。他热爱集体,关心战友,关心群众,把“毫不利己、专门利人”看成是人生最大的幸福和快乐,并身体力行,认真实践,“把有限的生命投入到无限的为人民服务之中去”。他曾担任校外辅导员,以自己的模范行动影响和激励少年一代健康成长。他谦虚谨慎,从不自满自炫,受到赞誉不骄傲,做了好事不留姓名。他在部队生活两年八个月，荣立二等功1次，三等功2次，受嘉奖多次，被评为"模范共青团员""节约标兵"。雷锋成了英模之后有些人不服气，卸车时，有人指着装满200斤高粱米的麻袋让他扛。雷锋心里很不好受，事后却心平气和地说："我虽然扛不动200斤的麻袋，但我能干好能干的工作，并且比别人干得更出色。"他常说："革命需要我去烧木炭，我就去做张思德；革命需要我去堵枪眼，我就去做黄继光。"他干一行爱一行，入伍时由于身小臂力弱，投手榴弹不合格。他天不亮就悄悄地出去练习，终于在考核中取得优秀成绩。他经常应邀去外地做报告，便有一句话流传开来："雷锋出差一千里，好事做了一火车。"他教唱歌、办墙报样样都行，参加战士演出队，因湖南口音太重影响演出效果，主动提出换下自己。有一次，雷锋因腹疼到团部卫生连看病，回来时，见本溪路小学的大楼正在施工，便推起一辆小车帮着运砖。雷锋是孤儿又是单身汉，在工厂有工资，入伍时有200元的积蓄。后来，他把100元钱捐献给公社，辽阳地区遭受水灾时，他又将100元寄给了辽阳市委。雷锋入伍当年每月有6元钱的津贴，全用于做好事。自己的袜子补了又补，平时舍不得喝一瓶汽水。一次，雷锋外出，换车时发现一个背着小孩的中年妇女车票和钱丢了，就用自己的津贴费买了一张去吉林的火车票塞到了母女的手里。

在部队里，雷锋对待同志像春天般温暖，帮助同班战友乔安山认字、学算术；为小周病重的父亲写信寄钱；为小韩缝补棉裤。每逢年节，雷锋想到服务和运输部门最忙，便叫上同班战友直奔附近的瓢儿屯车站，帮着打扫候车室，给旅客倒水。驻地附近的孩子们做好事，受到一些人在背后非议，不少同学不解，问雷锋为什么做好事这么难？雷锋朴实地说："做好事就不要计较别人说什么，只要对人民有益,就应该坚持做下去。"有关雷锋做好事的故事多少年来脍炙人口,他的名字成了做好事的象征。这种平凡而又伟大的精神,让许许多多的人为之感动。

1963年1月7日,国防部命名他生前所在班为"雷锋班"。1963年3月1日,朱德题词:"学习雷锋做毛主席的好战士。"1963年3月5日,毛泽东同志亲笔题词:"向雷锋同志学习。"刘少奇题词:"学习雷锋同志平凡而伟大的共产主义精神。"周恩来题词:"向雷锋同志学习:憎爱分明的阶级立场,言行一致的革命精神,公而忘私的共产主义风格,奋不顾身的无产阶级斗志。"此后,全国人民特别是在青少年中掀起了向雷锋学习的热潮,每年3月5日便成了全民学雷锋的日子。雷锋是一位伟大的共产主义战士、全心全意为人民服务的楷模。

一个普通战士在党的培养下成长为全国人民的好榜样,他身上的魅力不仅是共产主义精神的体现,同时也是对中华民族传统美德的最好诠释。他的爱憎分明、言行一致、公而忘私、奋不顾身、艰苦奋斗、助人为乐,把有限的生命投入到无限的为人民服务之中去的崇高精神,集中体现了中华民族的传统美德和共产主义道德品质。雷锋不仅仅属于一代人,他的精神已穿越了时空。

《雷锋日记》当年曾印刷过数千万本,里面的许多警句教育了几代人。毛泽东看过也称赞"此人懂些哲学"。一个只有小学文化的苦孩子能有这样的思想和文字水平,关键在于他多年刻苦学习。在湖南团山湖农场时,雷锋学习写诗;在鞍钢时,他努力学习毛泽东著作。在部队里,他是汽车兵,平时很难抽出时间。于是,雷锋就把书装在随身的挎包里,只要车一停,他就坐在驾驶室里看书。《钢铁是怎样炼成的》一书主人公保尔的话,他都能背出来。他曾说过:"钉子有两个长处:一个是挤劲,一个是钻劲。我们在学习上也要提倡这种'钉子精神'。"除了政治学习外,他还积极钻研驾驶技术。部队缺少教练车,他带领大家做了一个汽车驾驶台,并被大家一致推举为技术学习小组长。

雷锋生前被选为市人大代表,在沈阳军区是模范人物,照片、日记和模范事迹经常出现在报纸、电台等媒体上。在荣誉面前,他始终谦虚谨慎。他曾在日记中写道:"我的一切都是党给的,光荣应该归于党,归于热情帮助我的同志,至于我个人做的工作,那是太少了……"

《雷锋日记》(节选):

如果你是一滴水,你是否滋润了一寸土地?如果你是一线阳光,你是否照亮了一分黑暗?如果你是一颗粮食,你是否哺育了有用的生命?如果你是一颗最小的螺丝钉,你是否永远地坚守着你生活的岗位?如果你要告诉我们什么思想,你是否在日夜宣扬那最美丽的理想?你既然活着,你又是否为未来的人类的生活付出你的劳动,使世界一天天变得更美丽?我想问你,为未来带来了什么?在生活的仓库里,我们不应该只是个无穷无尽的支付者。

——1958年6月7日

有些人说工作忙、没有时间学习。我认为问题不在工作忙,而在于你愿不愿意学习,会不会挤时间。要学习的时间是有的,问题是我们善不善于挤,愿不愿意钻。一块好好的木板,上面一个眼也没有,但钉子为什么能钉进去呢?这就是靠压力硬挤进去的,硬钻进去的。由此看来,钉子有两个长处:一个是挤劲,一个是钻劲。我们在学习上,也要提倡这种"钉子"精神,善于挤和善于钻。

——1961 年 10 月 19 日

一个人的作用,对于革命事业来说,就如一架机器上的一颗螺丝钉。机器由于有许许多多的螺丝钉的连接和固定,才成了一个坚实的整体,才能够运转自如,发挥它巨大的工作能量。螺丝钉虽小,其作用是不可低估的。我愿永远做一颗螺丝钉。螺丝钉要经常保养和清洗,才不会生锈。人的思想也是这样,要经常检查,才不会出毛病。

我要不断地加强学习提高自己的思想觉悟,坚决听党和毛主席的话,经常开展批评与自我批评,随时清除思想上的毛病,在伟大的革命事业中做一颗永不生锈的螺丝钉。

——1962 年 4 月 17 日

这天是我永远不能忘记的日子,这天是我最大的荣幸和光荣的日子。我走上了新的战斗岗位,穿上了黄军服,光荣的参加了中国人民解放军。我好几年来的愿望在今天已实现了,真感到万分的高兴和喜悦,这是我一生最大的幸福。

我在党的正确领导下,在革命的大家庭里,我一定要好好地锻炼自己,在入伍的这一天,我并提出如下保证:

一、听党的话,服从命令听指挥。党指向哪里,我就冲向哪里。

二、加强政治学习,多看报纸和政治书籍,按时参加部队各种会议和学习,积极宣传党的政策,密切靠近组织,及时向组织反映各种情况,不断提高自己的政治思想觉悟。

三、尊敬领导，团结同志，互帮互爱互学习。

四、严格遵守部队一切纪律，做到虚心向老战士学习，刻苦钻研，加强军事学习，随时准备打击敌人。

五、克服一切困难，发扬长辈优良的革命传统。我要坚决做到头可断，血可流，在敌人面前决不屈服、投降。我一定要向董存瑞、黄继光、安业民等英雄的战士学习。

六、我要努力学习政治、军事、文化，我要好好地锻炼身体，我一定要在部队争取立功当英雄，我一定要做一个毛泽东时代的好战士，我要把我可爱的青春献给祖国最壮丽的事业。

以上六条是我努力的方向和我的奋斗目标。今天我太高兴我太激动，千言万语一下要写完是办不到的，因此写到这里告一段落。

我渴望已久的参加中国人民解放军的理想实现了，怎么叫我不高兴呢！我恨不得把我的心掏出来献给党才好。晚上我怎么也睡不着，我的心就像大海的浪涛一样，好久不能平静。

我，一个在旧社会受苦受罪的穷苦孤儿，居然成为一个国防军战士，得到党和首长的信任，受到战友们的热爱，我真不知说什么好……

在这个革命的大家庭里，首长胜过父母，战友亲过兄弟，这一切，只有在党领导下的人民军队里才能得到。

我一定不辜负党对我的教育和期望，我决心保持和发扬×××矿全体职工的光荣，军政学习争优秀，全心全意保卫国防，成为一个优秀的国防战士。

——1960年1月8日

今天，我看了一篇文章，那上面讲了许多向困难做斗争的道理。

文章说：

"斗争最艰苦的时候，也就是胜利即将来到的时候，可也是最容易动摇的时候。因此，对每个人来说，这是个考验的关口。经得起考验，顺利地通过这一关，那就成了光荣的革命战士；经不起考验，通不过这一关，那就要成为可耻的逃兵。是光荣的战士，还是可耻的逃兵，那就要看你在困难面前有没有坚定不移的信念了。"文章还说："困难里包含着胜利，失败里孕育着成功，革命战士之所以伟大，就是他们能透过困难看到胜利，透过失败看到成功，因此他们即使遇到天大的困难，也不会畏怯逃避，碰到严重的失败，也不至气馁灰心，而永远是干劲十足，勇往直前，终于成为时代的闯将。"

——1960年1月12日

雷锋同志：愿你做暴风雨中的松柏，不愿你做温室里的弱苗。

——1960年1月18日

敬爱的毛主席，我看到您写的《纪念白求恩》这篇文章，深受教育，被感动得流下了热泪。

过去有人讽刺我说："你积极有什么用，那么点的小个子，给你150斤重的担子，你就担不起来。"我听了这话，还埋怨自己为啥长这么点小个子呢！

可是，您老人家说："一个人能力有大小，但只要有这点精神，就是一个高尚的人，一个纯粹的人，一个有道德的人，一个脱离了低级趣味的人，一个有益于人民的人。"这话给我很大鼓舞。个子小我也要尽我自己最大的力量，做到毫不利己，专门利人，向伟大的国际主义战士白求恩学习。

——1960年2月15日

看了《毛主席和美国记者安娜·路易斯·斯特朗的谈话》的感想

我认真地读了这篇文章,越读越觉得心里明亮,一连看了好几遍。毛主席所说的每一句话,每一个字,都给了我无穷的力量,同时深深地教导了我。

通过这篇文章的学习,我知道了帝国主义和一切反动派都是纸老虎。看起来,反动派的样子是可怕的,但实际上并没有什么了不起的力量。从长远的观点看问题,真正强大的力量不是属于反动派,而是属于人民。美帝国主义想拿原子弹来吓倒我们,是办不到的。历史证明了帝国主义和一切反动派都是纸老虎。拿我们中国的革命来说,全国人民在共产党的正确领导下,用小米加步枪,战胜了蒋介石的飞机加坦克,并推翻了几千年来压在我国人民头上的三座大山,解放了全中国,建立了人民当家做主的新国家。但是美帝国主义不甘心,想来夺取我们中国这块肥肉,因此在1950年发动了侵朝战争,妄想利用朝鲜作跳板进攻中国。由于中国人民志愿军出国和朝鲜人民军配合英勇的作战,把美帝国主义打得落花流水,不得不和我们进行停战谈判。这些历史就证明了帝国主义和一切反动派都是纸老虎,并不可怕。原因正是毛主席所说的"就在于反动派代表反动,而我们代表进步。"在这东风压倒西风的大好形势下,我坚决听毛主席的话,跟毛主席走,将革命进行到底。

——1960年12月18日

马克思主义者认为,只有先做好群众的"学生",才能做好群众的"先生"。"先生"是"学生"的发展,却不是"学生"的终结。如果不愿再以学生的姿态出现,便不能继续再当"先生"。毛主席说:"没有满腔的热忱,没有眼睛向下的决心,没有求知的渴望,没有放下臭架子,甘当小学生的精神,是一定不能做,也一定做不好的。"

毛主席说:"我们必须学会自己不懂的东西。"他又说:"无产阶级的最尖锐最有效的武器只有一个,那就是严肃的战斗的科学态度。共产党不靠吓人吃饭,而是靠马克思列宁主义的真理吃饭,靠实事求是吃饭,靠科学吃饭。"

我在党和毛主席的不断哺育和教导下,健康地成长起来。由于政治觉悟的不断提高,树立了为共产主义而奋斗的大志,在工作和学习中取得了一点点成绩,这应该归功于党,归功于帮助我的同志们。我一定永远牢记毛主席的教导,永远做群众的小学生。

——1960 年 12 月 28 日

1960 年已过去了。新的 1961 年在今天已开始,今天我感到特别的高兴。入伍一年来,我在党和首长的培养教导下,由于同志们的帮助,使我学会了很多军事技术知识。刚入伍时什么也不懂,手拿着枪还心惊肉跳只怕走火。由于连、排首长把着我手教,因此我才学会了射击,投弹也是同样的取得了优秀的成绩。汽车理论和实际驾驶学习,每次测验也都是 5 分。在政治上也有很大的提高,特别是学习毛主席著作后,心里变得明亮了,思想和眼界变得更加开朗和远大了,干劲越来越足。由于政治觉悟的不断提高,因此才能在工作和学习中做出一点点成绩,并于 1960 年 11 月 8 日加入了伟大的中国共产党。我从一个流浪孤儿,成长为一个共产党员,这完全是党的培养教育、同志们帮助的结果……我要永远忠于党,保卫党的利益,为党的事业奋斗终身。

——1961 年 1 月 1 日

今天我从营口乘火车到兄弟部队作报告,下车时,大北风刺骨的刮,地上盖着一层雪,显得很冷。我见到一位老太太没戴手套,两手捂着嘴,口里吹一点热气温手。我立即取下了自己的手套,送给了那位老太太。她老人家望着我,满眼含着热泪,半天说不出话来。……一路上,我的手虽冻得像针扎一样,心中却有一种说不出的愉快。

——1961年2月2日

链接三

雷锋名言:

1.一滴水只有放进大海里才永远不会干涸,一个人只有当他把自己和集体事业融合在一起的时候才能最有力量。

2.一朵鲜花打扮不出美丽的春天,一个人先进总是单枪匹马,众人先进才能移山填海。

3.我们是国家的主人,应该处处为国家着想。

4.人的生命是有限的,可是为人民服务是无限的,我要把有限的生命,投入到无限的为人民服务之中去。

5.对待同志要像春天般的温暖,对待工作要像夏天一样火热,对待个人主义要像秋风扫落叶一样,对待敌人要像严冬一样残酷无情。

6.如果你是一滴水,你是否滋润了一寸土地?如果你是一线阳光,你是否照亮了一分黑暗?如果你是一颗粮食,你是否哺育了有用的生命?如果你是一颗最小的螺丝钉,你是否永远守在你生活的岗位上?如果你要告诉我们什么思想,你是否在日夜宣扬那最美丽的理想？你既然活着，你又是否为了未来的人类生活付出你的劳动，使世界一天天变得更美丽？我想问你，为未来带来了什么？在生活的仓库里，我们不应该只是个无穷尽的支付者。

7.青春啊，永远是美好的，可是真正的青春，只属于这些永远力争上游的人，永远忘我劳动的人，永远谦虚的人。

8.力量从团结来，智慧从劳动来，行动从思想来，荣誉从集体来。

9.在工作上，要向积极性最高的同志看齐，在生活上，要向水平最低的同志看齐。

10.凡是脑子里只有人民、没有自己的人，就一定能得到崇高的荣誉和威信。反之，如果脑子里只有个人、没有人民的人，他们迟早会被人民唾弃。

11.世界上最光荣的事——劳动；世界上最体面的人——劳动者。

12.有些人说工作忙、没有时间学习。我认为问题不在工作忙，而在于你愿不愿意学习，会不会挤时间。要学习的时间是有的，问题是我们善不善于挤，愿不愿意钻。

13.一块好好的木板，上面一个眼也没有，但钉子为什么能钉进去呢？这就是靠压力硬挤进去的，硬钻进去的。

14.钉子有两个长处：一个是挤劲，一个是钻劲。我们在学习上，也要提倡这种"钉子"精神，善于挤和善于钻。

15.我觉得一个革命者就应该把革命利益放在第一位，为党的事业贡献出自己的一切，这才是最幸福的。

16.把别人的困难当成自己的困难，把同志的愉快看成自己的幸福。

17.骄傲的人，其实是无知的人。他不知道自己能吃几碗干饭，他不懂得自己只是沧海一粟……

18.我愿做高山岩石之松，不做湖岸河旁之柳。我愿在暴风雨中锻炼自己，不愿在平平静静的日子里度过自己的一生。

19.一个人的作用，对于革命事业来说，就如一架机器上的一颗螺丝钉。机器由于有许许多多的螺丝钉的连接和固定，才成了一个坚实的整体，才能够运转自如，发挥它巨大的工作能。螺丝钉虽小，其作用是不可估计的。我愿永远做一个螺丝钉。螺丝钉要经常保养和清洗，才不会生锈。人的思想也是这样，要经常检查，才不会出毛病；我愿永远做一个螺丝钉。

20.但愿每次回忆，对生活都不感到负疚。

21.吃饭是为了活着，但活着不是为了吃饭。

22.是光荣的战士，还是可耻的逃兵，那就要看你在困难面前有没有坚定不移的信念了

23.不经风雨，长不成大树；不受百炼，难以成钢。

24.我们要真正的学到一点东西，就要虚心。譬如一个碗，如果已经装得满满的，哪怕再有好吃的，也装不进去，如果碗里是空的，就能装进很多东西。装知识的碗，就像神话中的"宝碗"一样，永远也装不满。

南京路上好八连

中国人民解放军上海警备区某部八连于 1949 年 6 月进驻昔日"冒险家的乐园"上海市南京路执行警卫任务。从战场到"十里洋场",脚穿草鞋的八连官兵时刻铭记"两个务必",数十年来,一代又一代官兵坚持人民军队艰苦奋斗的政治本色,自觉抵制资产阶级思想及其生活方式的侵蚀,经受住了各种严峻考验,身后闹市,一尘不染,展示了人民军队威武之师、文明之师、爱民之师的光辉形象,团结人民群众,出色地完成了警卫任务。全连干部战士勤俭节约,助人为乐,全心全意为人民服务。

电影《霓虹灯下的哨兵》,是好八连官兵战斗生活的真实写照。

1963 年 4 月 25 日,中华人民共和国国防部授予该连"南京路上好八连"称号。命名前,周恩来接见了该连的代表。毛泽东、朱德、陈云、邓小平、陈毅先后写诗题词予以赞扬。

"好八连,天下传。为什么? 意志坚。为人民,几十年。拒腐蚀,

永不沾。因此叫,好八连。解放军,要学习。全军民,要自立。不怕
压,不怕迫。不怕刀,不怕戟。不怕鬼,不怕魅。不怕帝,不怕贼。奇
儿女,如松柏。上参天,傲霜雪。纪律好,如坚壁。军事好,如霹雳。
政治好,称第一。思想好,能分析。分析好,大有益。益在哪? 团结
力。军民团结如一人,试看天下谁能敌?"1963年"八一"建军节这天
凌晨,一夜未眠的毛泽东同志看到了"好八连"事迹报道,挥笔写下这
首后来名扬天下的《八连颂》。这是毛泽东一生中唯一一次为一个连
队题词并写下颂歌。他在诗中充满激情地写道:"军民团结如一人,
试看天下谁能敌。"

1963年6月,邓小平同志亲笔为八连题词:一贯保持光荣传统的、
保证走向共产主义的,集体的标兵——南京路上好八连万岁!

1991年3月,江泽民同志也为好八连题词:学习好八连优良传统
和作风,推进现代化、正规化革命军队建设。

学习好八连优良传统和作风，推进现代化正规化革命军队建设

江泽民 一九九一年三月

用艰苦奋斗传统精神校正价值追求

左辉是怀揣着"自我设计"来到部队的：学门技术，然后退伍挣大钱，过大款生活。他告诉新兵班长，现在打工没有技术特长，挣不了大钱。他当兵就是想学技术，将来好挣钱、当老板。

然而事与愿违，左辉被分到了整天站岗放哨、摸爬滚打的八连。看到与自己的愿望相去甚远，他认为走错了门，几次想调动，甚至想打"退堂鼓"。

连队干部得知左辉的想法，专门安排他当连史馆的解说员。

第一次解说，左辉照着稿子念，没有太多的触动。第二次、第三次……当第七次解说结束后，他一夜未眠。连队前辈们不计个人得失，争着让名让利，靠艰苦奋斗赢得辉煌的场景，不停在他眼前浮现，

让他心潮起伏：自己可不能像"童阿男"那样只想着自己的事走歧路。随后，他调整人生坐标，把当一名优秀士兵作为自己的追求。入伍第二年，他当上了班长。2008年连队执行奥运安保任务，他因出色完成任务，荣立三等功。

多元化的社会和市场经济影响的逐渐深入，使一些新战士带着不同的价值取向走进八连，思想认识形形色色，并产生了不同的价值取向。问卷调查显示，近几年，刚来到八连的新兵中，许多人都带着个人的"小九九"，真正只为尽义务的并不多，一些战士对发扬艰苦奋斗传统的认同感下降，对物质名利等愿望强烈。面对这种情况，八连坚持用艰苦奋斗精神引导官兵成长，着重在上好"三种课"上下工夫。

"入门课"。新兵一踏进八连门槛，连队做的第一件事就是组织大家参观连史馆，在国防部授予的"南京路上好八连"的锦旗下庄严宣誓；上的第一堂教育课是"如何当好艰苦奋斗精神的新传人"；唱的第一首歌是《艰苦奋斗歌》；读的第一首诗是《八连颂》；看的第一部电影是《霓虹灯下的哨兵》。

"经常课"。八连驻地前有"百乐门"，后有"不夜城"，网吧、酒吧星罗棋布，游戏厅、歌舞厅随处可见。为使传统熏陶入脑入心，连队把艰苦奋斗教育分成《好八连，天下传》等八个系列，着重帮助官兵回答和解决好理想、道德、追求等立身做人的基本问题。

"随机课"。干部、骨干对战士日常生活中的所思、所惑、所言、所行，认真观察了解，发现问题苗头，及时进行"修枝打杈"。一次营里搞联欢，毕业于徽州师范学院艺术系的新战士沈凯翔上台露了两手。随即，警备区演出队队长找上门来："想不想到演出队发展？"小沈高兴得蹦了起来。此后，他天天掰着指头算：演出队啥时来接自己。心里一闹腾,训练、工作就有些心猿意马。指导员黄森发现后,主动与他谈心:"被演出队相中是好事,可一名战士如果没有过硬的军事素质,走到军营任何地方都会不适应……"指导员的一番话,让沈凯翔的心静了下来,他把精力全部投入到工作训练中,先后两次在上级组织的比武中夺得名次,中央电视台还为他拍了专题片。专题片播出不久,警备区调他到演出队的命令也到了。

在"三种课"教育引导下,新战士从思想认识到言行举止,都悄然发生着变化。

用艰苦奋斗精神锤炼坚强意志

大学生士兵杜江长得白白净净,细皮嫩肉,一到训练场就像霜打的茄子。连队组织越野训练,每次杜江都说感觉肚子痛,然而带到卫生队一看,啥问题也没有。连队进行实弹射击、战术训练,他更是想着法子躲。

一次战术训练。排长虎着脸命令卧倒,杜江不情愿地趴在地上:手戴护腕,腿绑护膝,腰上也扣着护腰,像穿着"盔甲"一般。

"平时训练怕这怕那,上了战场怎能打仗?"训练归来,连长张道广把杜江叫到一边。"上战场?怎么可能。"杜江的回答让张连长感到:他不仅身上穿着"盔甲",思想上也穿着"盔甲"!

张连长把杜江带到毛主席写的《八连颂》前,给他讲"军事好,如霹雳""为什么,意志坚"的道理,教育他当兵就要当能打仗的兵。随后,连队指派一名骨干对他进行重点帮带。

在连队干部、骨干的耐心帮助下,杜江渐渐地明白了一个道理:

部队是为打仗而存在的,战士没有坚强意志,不爱军精武,不仅不配在英模连队,在其他连队也没有立足之地啊!很快他脱掉了两层"盔甲",变得勇猛起来。工作训练自我加压,不仅一般课目训练很积极,险难课目训练也抢着上,重大任务冲在前,多次立功受奖,2002年12月,被破格提干。

现在的战士都是80后、90后,成长在宽松环境中,不少人从校门进营门,从没吃过苦受过累,在苦累面前容易吃败仗。为了锤炼官兵意志,连队每次野外驻训,大路不走走小路,有车不坐练行走。野外驻训本可在郊区进行,可他们偏要把连队拉到海滨去训。在沙滩、芦苇、沟河中,练野战条件下的生存、作战能力,一练就是四个月。参加地方重点工程建设,地方为他们安排好了吃饭、住宿的宾馆,可他们偏偏有福不享。吃饭,自己在工地开伙;睡觉,坚持自搭帐篷、自打地铺,有时还露宿街头。许多市民感动地说:刚解放时,亲眼见过解放军睡马路,想不到今天又重见当年情景!

用艰苦奋斗锤炼坚强意志的八连官兵,在八连屡创佳绩,离开八连同样熠熠生辉。

连长王振华,调到警备区富民农场任场长。他带领大家艰苦奋斗四年,使一个原本亏损的农场,一跃成为创税百万元以上的富裕户。后来,王振华又被调去创建一个新农场,经过一段时间的顽强拼搏,新农场两年创税170万元。

八连第11任指导员戴大喜,转业被安排到只有八个人、欠款两万元的家乡县金属材料公司当领导后,发扬艰苦奋斗精神,带领员工苦干实干。两年后,公司人均创税居全县之首,他因此被评为全国模范军转干部。

一位退伍战士给全连官兵的信中写道:"亲爱的战友,在服役期间,吃苦的甜头我们往往还不能马上体会到。但如果把眼光放远一点,今天的锤炼,就像银行存款一样,一笔一笔存下来。吃过的苦积累到一定程度,若干年后,就会得到一笔丰厚的'利息'。人生有没有这笔存款大不一样。"

用艰苦奋斗精神培养良好习惯

"八连改变人,真神!"提起孩子的变化,战士吕晓辉的父亲十分感慨。

2009年4月,新战士吕晓辉分到八连不久,父亲来队看他。短短几天时间,小吕父亲接连遇到三个"没想到"。第一个,与儿子一起吃饭,他看到儿子把掉在桌上的饭粒捡起来吃掉。第二个,和儿子一起上街,他想给儿子买点零食,儿子说"连队伙食挺好,不用了"。第三个,他想给儿子买件新衬衣,儿子连连摆手说"部队发了,不用了"。

"入伍前,孩子可不是这样。那时,他经常和一些同学朋友上歌厅、舞厅、酒店,有时一花几千块,眼都不眨。儿子到连队就像换了个人似的。八连真是有办法。"小吕的父亲抑制不住兴奋,连声向连队道谢。

"像小吕父亲这样的感受,许多战士家长都有。"团政委张敬东说,现在优越的生活条件,容易使年轻战士在入伍前滋生一些不良习惯。然而,一个兵只要进了八连门,就会成为一个标准的八连人:原本花钱大手大脚的,养成了消费"打算盘"的习惯;原本不懂得孝敬父母的,成了知父爱母的好儿子;原本好闲偷懒的,变的勤快勤奋了;原本自由散漫不听招呼的,成了遵章守纪的模范!

这些新战士的改变,源自连队坚持将艰苦奋斗传统融入日常工作生活中,大力营造弘扬艰苦奋斗精神的浓厚氛围。

八连教育引导官兵长期坚持"头发长了相互理,衣服破了自己缝,鞋子破了自己补,营产营具坏了自己修"的"四个好做法"。现在战士津贴每月在几百元、上千元,于是,好八连在官兵中注重培养"日常消费花一点、文化学习用一点、孝敬父母寄一点、希望工程捐一点、自己备用存一点"的"五个一点好习惯"。目前,象征八连勤俭节约好传统的理发箱、木工箱、补鞋箱已传到了第34代。班排的报架、连队的黑板、简易训练器材,也都是官兵自己动手做的。

在八连,勤俭节约的氛围很浓,连队电话亭边印有"时间就是金钱,请珍惜分分秒秒"的提示语;电脑打印机上,贴有"每人节约一张纸,希望小学的学生就多个练习本"的字条;饭堂墙壁上,悬挂着"要知盘中餐,粒粒皆辛苦"等警句。像这样的警示语,在连队有20多条,使艰苦奋斗精神由无形变为有形,战士的行为在潜移默化中由被动变为自觉。

前两年,连队安装了太阳能热水器。官兵打开淋浴喷头时,先放出来的是凉水。为了不浪费,连队专门在每个喷头下放置了一个节水桶,把接下来的水用来洗拖把、冲厕所。

连队弘扬艰苦奋斗精神的浓厚氛围,使新战士在潜移默化中受影响,继承艰苦奋斗精神由被动变为自觉。

大学生新战士陈鑫入伍前在一家企业上班,月薪4000多元。虽然收入不少,但他却是个典型的"月光族",有时工资不够花,还向父母伸手。去年底,他入伍到部队,母亲担心儿子到了大上海津贴费不够花,特意给他办了张银行卡定期汇钱。

陈鑫来到八连后,指导员黄森在连史馆讲的话,让他印象深刻:解放初期,连队官兵每月工资、津贴90%存入银行,零用钱每人每月平均5角。现在官兵的工资津贴大幅提升,人们的消费观念也和以前不同。但无论条件如何变化,勤俭节约的传统不能丢。连队倡导津贴费里消费,人人有存款,不是让大家死盯着存款数额,更重要的是帮助大家学会勤俭节约过日子。

回到班里,陈鑫对如何使用自己的302元津贴费进行了认真计划:每月购买日用品30元,兴趣学习书刊27元,电话卡30元,留其他零用15元,剩余200元存入银行。他还把消费计划向战友公布,请战友监督。

此后,陈鑫严格执行津贴费消费计划,改掉了吃零食、买高档生活用品等不良习惯。春节前,他从节余的津贴费里拿出200元钱寄给母亲。陈鑫的母亲收到后热泪盈眶地说:"部队真是锻炼人的大熔炉!"

军委首长在和八连官兵座谈时,听了陈鑫介绍自己在好八连的变化后,连连夸赞:这是个不小的进步!

曹俊是穿着偶像代言的衣服、理着偶像类型的头发来到八连的。入伍前,他是个十足的追星族,偶像的生日星座、喜好口味等无一不知,有次得知心中偶像来省城开演唱会,为见这名歌星一面,他在机场足足等了两天两夜。到部队后,他对班长说:在上海当兵,以后看演唱会可方便了。

连长张道广和曹俊谈心:"战士追星就要追爱军精武的标兵,让自己成为军营里最闪亮的星。"

　　在艰苦奋斗传统的感召下，曹俊暗下决心，一定要像连队的前辈那样刻苦训练，当好霓虹灯下的新哨兵。2008年6月，军区组织狙击手集训，射击成绩突飞猛进的曹俊作为八连"种子选手"参加警备区选拔，一路过关斩将，最终以全胜成绩取得集训资格。在集训中他发扬艰苦奋斗传统，苦练精兵，军区狙击手结业比武中，取得了优异的成绩。

　　越是艰苦的地方，越是艰巨的任务，官兵越是冲在前、干在先。上海南浦大桥钢梁拼装进入关键阶段，大桥主塔下要铺设一条600多米长的门吊轨道。因场地拥挤，大型起重机开不进去，一根根50多米长、约一吨重的钢轨无法到位。指挥部犯难了，八连主动请战说："我们就是起重机!"官兵们30人一长溜，抬起一根又一根钢轨，一步一步地送到指定位置。22个日日夜夜，八连搬运枕木240立方米，装卸建材150吨。这次，大桥指挥部破例给他们发了67本大红烫金证书："南浦大桥荣誉建设者"。

　　懂得了"苦"后有"甜"的八连兵，珍惜每一次摔打的机会。2007年11月，在170多个参展国的代表来世博园参观前夕，一些参观点的工程还没有竣工，负责园区工程建设的建工集团把求救电话打到了八连。八连党支部一面向上级报告，一面组织官兵参建。24名面临退伍的老兵自发组建了一个"老兵突击队"。他们叫响"在上海一分钟，就要为建设第二故乡多出一份工"的口号，专挑最苦、最累、最重、最脏的活，连续奋战12天，累计搬运钢管6500余根，钢筋近6吨，水泥砖上万块，整理木料、板材3300余件，防护网1100余张，清理建筑垃圾近8吨，清扫路面3万平方米，开挖水沟1000多米，出色地完成了支援世博工程建设的任务。世博园的领导感动地说："世博园区浇注的是水泥钢筋,你们注入的是好八连精神!"

举世瞩目的上海世博会开幕前夕,上海市黄浦区人民政府决定在中华商业第一街南京路上矗立起"南京路上好八连"大理石群雕,向人们展示着这个英雄连队的风采。

时代在变,环境在变,生活条件在变;如今,走进八连,人们看到的是一个现代化的军营:设施一流的多功能俱乐部,藏书6000余册的图书室,每三人拥有一台电脑,宿舍有电视,饭堂有空调、消毒柜、烘干机……但有一种精神在"好八连"从未改变。"好八连"年年被评为"基层建设标兵单位""军事训练一级单位",先后荣立集体一等功一次、集体二等功七次,被评为全国"学习雷锋、志愿服务先进集体""拥政爱民模范单位""军民共建社会主义精神文明先进单位",连队党支部被中组部评为"先进党支部"。有22名战士考取或被保送军队院校学习。

今天,八连官兵又有了新的"三件宝":学习包、U盘和利于科学消费的阳光卡。

英雄营

1959年10月7日，一架国民党空军RB–57D型飞机悄悄窜入大陆上空。人民解放军空军某部二营营长岳振华带领官兵，果断将其从万米高空斩落，首创世界防空史上用地空导弹击落高空侦察机战例。随后，该营官兵又先后击落四架敌高空侦察机，被国防部授予"英雄营"称号。

1958年底，人民空军夺取了福建、粤东地区制空权后，国民党空军停止了对沿海地区的轰炸、袭扰。但从1959年起，国民党军利用在美国购买的RB – 57D、U—2等各种高空侦察机开始了对大陆频频侦察窜扰的活动。由于这两种飞机的飞行高度可达2万米以上，而当时人民空军装备的最好飞机，使用升限不足1.8万米，所以，航空兵部队多次起飞拦截，都未能达成攻击。

1958年底，人民解放军空军开始秘密组建我军第一支地空导弹部队，并使用从前苏联进口的地空导弹，与美蒋高空侦察机展开了斗争。防空导弹营担当起了打击高空入侵者的重任。

1959年10月7日,台湾国民党军一架RB–57D型高空侦察机从台北机场起飞,进入大陆,突破我沿途歼击机的层层拦截、肆无忌惮地越徐州、过济南、直逼北京,正在担任作战值班任务的某部二营对其进行了严密监视,精确测控,将其击落,飞机残骸坠于某地,国民党空军上尉飞行员王英钦当即毙命。这一战绩,开创了世界防空史上用导弹击落飞机的先例。此后,国民党空军对大陆的高空侦察骚扰间断了两年三个月。

1961年,美国将两架当时世界上飞行高度最高、性能最先进的U–2型高空侦察机秘密运往台湾,重新对我大陆纵深目标实施战略侦察。

由于地空导弹营太少,而U–2活动于全国范围。于是,按照空军首长的决定:沿U–2活动的航线,地空导弹营开始了带着导弹打"游击"战。

1963年9月9日,二营机动设伏江西南昌,出其不意,击落一架装有预警系统的U–2型飞机,深受蒋介石器重的"克难英雄"、国民党中校飞行员陈怀生毙命。这一战果,开创了人民空军用导弹击落U–2高空侦察机的先例。

1963年11月1日,二营首次运用"近快战法",仅用八秒钟,一举击落窜入我上饶地区、带有电子预警侦察系统的一架U–2飞机,生擒被蒋介石封为"克难英雄"的台湾国民党空军少校飞行员叶党棣。

1964年7月7日,二营面对多批次敌机,借助"反电子侦察预警1号",在福建漳州地区再次击落U–2飞机一架,击毙敌所谓"飞虎英雄"、少校飞行员李南屏。

至此，四战四捷。二营全体官兵受到了毛泽东、刘少奇、周恩来等老一辈革命家的接见。这也是毛泽东主席唯一接见过的整建制营，他高兴地说：美蒋"就那么几架，不够打的么！"

二营营长岳振华成了共和国的英雄和美蒋空军谈虎色变的神秘人物。毛泽东主席说："打下一架飞机，就给他肩上加一颗星。"岳振华连续击落三架敌机，被晋升为大校军衔，成为中国人民解放军中十分特殊的大校营长，被国防部授予"空军战斗英雄"称号。

二营在国土防空作战中，曾先后击落敌高空侦察机五架。在世界上七架被击落的美制U－2飞机中，被中国击落的有五架，而二营就击落了三架，打出了国威、军威，先后荣立集体一等功两次、二等功一次，三等功三次。在不同的历史时期，分别受到毛泽东、邓小平、江泽民三代领导人的接见和检阅。中国十大元帅中，有五位曾到这个部队视察过。

链接

岳振华，河北省望都县人，1942年2月参加革命，1943年8月加入中国共产党。1955年被授予少校军衔，并荣获三级独立自由勋章、三级解放勋章。1959年10月14日晋升中校军衔，1962年9月晋升上校军衔，1964年7月晋升大校。1988年荣获独立功勋荣誉章。

1959年，中央军委决定组建地空导弹部队，坚决打击窜入大陆上空的台湾国民党军高空侦察机。原系高射炮团团长的岳振华受命担任导弹第二营营长。他率领全营指战员苦练技术，钻研战术。经过精心准备,在国土防卫作战中取得了四战四捷的重大胜利,表现出良好的政治、军事素质和指挥艺术,战功卓著。岳振华为此多次受到毛泽东、刘少奇、周恩来、朱德、邓小平等党和国家领导人的亲切接见。1963年12月26日国防部授予他"空军战斗英雄"荣誉称号。

硬骨头六连

中国人民解放军某步兵团第六连组建于1939年3月,以当尖刀、打硬仗著称。在抗日战争、解放战争时期,用刺刀杀出了"硬骨头"的英名,涌现出15名战斗英雄,荣获"英勇善战,杀敌先锋"等奖旗和"战斗模范连"称号。中华人民共和国成立后,出色地完成了剿匪反霸、抗美援朝、战备训练、抢险救灾、施工生产等任务。1962年,开赴东南沿海地区执行任务,以"战备思想硬,战斗作风硬,军事技术硬,军政纪律硬"而闻名。1964年1月,中华人民共和国国防部授予该连"硬骨头六连"称号。1984年1月22日,中央军事委员会赠予该连"发扬硬骨头精神,开创连队建设新局面"的锦旗。同年,在收复被越军侵占的中国领土战斗中敢打善拼,完成了坚守一个阵地、恢复两个高地的任务,先后打退越军排至营规模的九次进攻。1985年6月,因在老山对越防御作战中战绩突出,中央军事委员会又授予该连"英雄硬六连"称号。

近年来,随着我军现代化进程,"硬骨头六连"改装为两栖机械化步兵。为了铸造未来作战过得硬的刀尖子,官兵们决心"让硬骨头插上科技的翅膀"。连队军官中大学本科学历达到80%,还出现了硕士、博士军官;士兵中有了大学生;军事训练由原步兵五大技术为重点转向机械化步兵三大专业并重,全连先后有30名官兵取得了技术等级证书。训练标准由体能型"米数、环数、秒数"向"体能、技能、智能"合一的综合型转化。连队100%的官兵掌握了电脑基本操作技术。

精神在关怀下升华

一帧年代久远的照片珍藏在"硬骨头六连"荣誉室里:1946年12月5日,毛泽东同志身着军大衣,在延安机场检阅为保卫边区立下赫赫战功的部队,六连就挺立于受阅部队的行列。

诞生于抗日战争烽火中的六连,曾作为八路军一二0师的一把尖刀,转战华北、西北战场。在艰苦卓绝的革命战争岁月里,六连发扬毛泽东同志所倡导的"这个军队具有一往无前的精神,它要压倒一切敌人,而决不被敌人所屈服"的精神,以敢于冲锋陷阵、刺刀见红而威震敌胆——先后参加战役、战斗138次,涌现出"拼刺英雄"刘四虎、"孤胆英雄"尹玉芬等15名全国战斗英雄,两次荣获"英勇善战杀敌先锋""战斗模范连"荣誉称号。一身战功的六连官兵曾经六次受到毛泽东同志的接见。

新中国成立后,六连继承和发扬战争年代铸就的"压倒一切敌人的狠劲,百折不挠的韧劲,坚持到底的后劲",出色完成了剿匪反霸、抗美援朝、战备执勤、抢险救灾等一系列重大任务,以"战备思想硬、战斗作风硬、军事技术硬、军政纪律硬"而闻名全国全军。

1964年1月22日,国防部授予这个能打善战的连队"硬骨头六连"荣誉称号。当日,刘伯承、贺龙、徐向前、聂荣臻、叶剑英等五位元帅欣然为六连题词,号召全军弘扬硬骨头精神,锻造过硬的思想、作风和军事技术。

在老一辈无产阶级革命家的精心培育下,"硬六连"鲜红的战旗高高飘扬。1977年1月,伴随着春天的到来,中央军委向全军发出学习"硬骨头六连"的号召。时隔七个月,邓小平同志在军委座谈会上指出:"对连队来说,学硬骨头六连是对的,因为硬骨头六连的作风不只是一个连队的作风,所有的连队以至各级干部都应该像他们那样勤学苦练,有他们那种政治思想。"这次讲话后来被收入《邓小平文选》第二卷,"硬六连"因此成为唯一一个在《邓小平文选》里出现的连队。

1984年1月22日,当"硬六连"迎来命名20周年的时候,邓小平同志指示以中央军委的名义,给六连赠送一面"发扬革命传统,争取更大光荣"的锦旗。

一年后,再立新功的六连被中央军委授予"英雄硬六连"荣誉称号——"硬六连"因此成为我军历史上两次被授予荣誉称号的英模连队。

1991年10月26日,江泽民同志来到驻守在西子湖畔的"硬六连"。在连队荣誉室里,他详细了解六连所走过的半个多世纪的战斗历程,挥笔为连队题词:"弘扬硬骨头精神,全面建设连队。"在接见驻浙部队师以上干部时,江泽民同志对"硬骨头精神"作了高度概括,他指出:"'硬骨头六连'是老一辈革命家培育起来的一个典型。硬骨头精神,是我们人民解放军的优良传统和宝贵精神财富。这种精神集中到一点,就是在任何艰难困苦面前都决不低头,敢于拼搏、勇于牺牲,直至夺取胜利。这种硬骨头精神,战争年代需要,在和平时期同样也很需要。"

2003年10月20日,在杭州考察工作的江泽民同志再次来到六连,听完汇报,他非常高兴地说:"'硬骨头精神'是我军的优良传统和宝贵精神财富,在推进中国特色军事变革,完成我军机械化、信息化双重历史任务和加强军事斗争准备的进程中,坚持弘扬'硬骨头精神'具有十分重要的意义。"

来自中南海的殷殷嘱托,源源不断注入六连官兵心田,激励官兵在现代化的跨越中大步向前。如今,六连在科技强军的道路上与时俱进弘扬"硬骨头精神",在铸就军魂意识和忠诚品格上,在用职能和使命磨砺战斗精神和作风纪律上,在以勤学苦练不断提升知识素养和作战能力上,在强有力的思想政治工作和班子建设上又形成了"新四过硬",在革命化、现代化、正规化建设征程中不断创造出新的辉煌。连队年年被军区、集团军评为基层建设标兵连队,被四总部表彰为全军基层建设标兵单位,先后4次荣立集体一等功、14次荣立集体二等功——1985年,与百万大裁军相同步,"硬六连"从"骡马化步兵"改编为"摩托化步兵"。插上钢铁翅膀的"硬六连",迅速实现了战斗力的大幅跃升。

1998年,伴随着我军加快推进精兵之路的步伐,"硬六连"从"摩托化步兵"改编为"两栖机械化步兵"。

今天,作为我军跨越式发展的一个缩影,插上科技翅膀的"硬六连"正努力实现从传统步兵向机械化信息化步兵、从单一地面作战向陆地海上两栖作战、从体能型士兵向智能化士兵的历史性跨越。

人才为腾飞插上翅膀

"硬骨头六连硬在哪？硬在刺刀见红,杀出威风,千锤百炼战旗红……"

这首六连官兵唱了几十年的连歌,如今增加了新的内容:

"硬在锲而不舍,钻研现代化……"

1999年,六连改编为两栖机械化步兵,在陆上称雄的"猛虎"要下海,这可是一场全新的考验。官兵们清醒地意识到,锻造现代"两栖硬骨头"靠汗水更要靠"墨水"!他们大胆突破思想中的道道"障碍":纠正单纯以"脸晒得黑、茧磨得厚"论英雄的偏向,把科技素质作为"硬骨头"的硬杠杆;摆脱单纯靠传统步兵技能打拼的惯性思维,把步兵五大技术和装甲兵三大专业融为一体;在训练中既重"米数、秒数、环数",更注重体能、技能、智能的复合;既注重陆上训练,更注重向海上训练拓展;既注重熟练掌握手中武器,更注重练指挥、练协同……

1997年,第一位军事学硕士生陶向明在新型战车列装前走进硬六连,成为一名普遍战士;2000年,第一位军事学博士汤志文走进了硬六连,成为硬六连的副指导员。这些具有现代素质的官兵,给连队带来了勃勃生机,学知识钻科技蔚然成风。近五年,连队先后有17人通过大学英语四级考试,47人取得计算机二级证书,50多人取得了装甲兵等级证书。

昔日跨越障碍的尖子驾驶着两栖装甲战车在波涛中冲击,昔日的神枪手使用车载武器准确地消灭敌人,昔日的投弹能手熟练操作指挥控制系统。一位将军参观六连后发出由衷赞叹:过去靠"铁脚板"锻造出的一代"硬骨头",今天正成为指技合一的"两栖硬骨头"!

新装备催生过硬战斗力

六连要配备某新型两栖步战车,在战车未到之前,连队官兵就提前进入了学习状态。听说兄弟单位新列装了同一系列的战车,连长俞树明主动请缨,带着连队30名技术骨干来到兄弟单位,与他们一起学习、探讨、训练,确保新装备一到位,立即就能上装操作。

新列装的战车技术含量高,操作控制复杂。训练中,他们钻进战车,逐个熟悉操作部件和操作规程,主动把工厂师傅请来指导。

很快,他们便摸索总结出新装备的战术和训练管理要点,梳理出新装备三大专业的训练指导法、训练口诀、疑难解答等,编写出10余万字的教材资料,涵盖了新装备车长、驾驶和炮手三大专业、178个训练课目,也是在学习掌握新装备的过程中,他们克服闷热、眩晕、恐惧等困难,采取先少后多、先近后远、先慢后快的方法,摸索了不同敌情、不同条件下的多种导航方式和多种编波队形的运用方法,开掘出新装备的作战潜能,为新装备列装后的训练探索了方法路子。

这是一场近似实战的海上演习。

空中战鹰呼啸,海上舰艇穿梭,岸上炮火轰鸣……

这是一场三军联合渡海登陆演习"精彩回放"。担任第一波抢滩登陆突击任务的,是"硬骨头六连"官兵驾驶的10辆新型两栖装甲战车。

指挥车内,连长王勇敢打开指挥控制系统的电脑键盘,熟练地在平面和三维电子地图上标绘出进攻目标和线路,然后将命令迅速传递给其他战车。刹那间,战车编成战斗队形,冒着敌岸重重炮火,斗风浪,越障碍,穿雷区,以迅雷不及掩耳之势向负隅顽抗的"敌人"发出怒吼……

这一仗,是"硬骨头六连"组建61年来首次进行近似实战的两栖机械化作战演练。也是这一仗,引出了一场训练改革的大讨论。演习结束后,一位步兵班长提出建议,装甲车抢滩登陆后,步兵班长应该下车指挥,这样便于观察、指挥、协调和机动。

按照惯例,在实施连进攻时,抢滩登陆后步兵班长应该留在车上指挥。敢不敢支持这项改革,大胆进行试验?连队党支部讨论后认为,只有瞄准"打赢"目标开拓创新,才能催生连队过硬的现代化作战能力。后来,这项改革获得成功,并在许多装甲部队推广应用,为全军训练改革作出贡献。

瞄准打赢目标开拓创新,催生了连队的两栖作战能力。瞄准"打赢"练兵,促进了连队两栖作战能力跃升。六连官兵正是凭着执著的苦练、巧练,使新型战车当年列装当年形成战斗力,实现了全团第一个下海、第一个组织实弹射击、第一个单装形成战斗力、第一个组织连进攻等"六个第一"。

连队换装后,年年被评为军事训练一级连,19次参加师以上组织的军事比武16次夺得第一,4次被军以上评为科技练兵先进单位,17项革新成果在师以上获奖并被推广。如今,这个在中国陆军中享有盛誉的传统步兵连队,已经具备了全员额、全装备下海,复杂天候、多种滩位抢滩登陆能力,堪称中国"陆军海战第一连"。

60余年风雨征程,"硬骨头六连"始终是一把不卷刃的钢刀!

60余年光辉经历,"硬骨头六连"始终是一面不褪色的战旗!

这个当初以14名红军战士为骨干组建起来的红军连队,在向机械化、信息化跨越的进程中,以其坚实的足迹向世人表明:与时俱进弘扬"硬骨头精神",光荣传统就会产生长盛不衰的生命力,就能在促进部队全面建设、完成"打得赢""不变质"的神圣使命中发挥重要作用。

打赢先打假　练兵先练实

六连官兵把军事训练作为未来战争的预演,坚持打赢先打假,练兵先练实。某新式自动步枪夜间瞄准射击训练难度大。连队组织干部骨干摸索出在准星上点荧光粉辅助瞄准的方法,果然夜间射击效果很好。然而,在一次战斗力"揭短会"上,有人提出,这个办法尽管能提高射击成绩,但不符合实战要求。经过讨论,大家一致认为:宁要打赢需要的及格,不要脱离实战的优秀。射击考核时,六连主动放弃了这一做法。

用实战的标准要求官兵,用实战的环境摔打官兵。一次,师组织两栖装甲步兵分队进行海上生存训练。六连官兵乘坐登陆艇在海上连续航行,当时风大浪高,酷热难当,许多人晕船中暑,呕吐腹泻,极为疲惫。原计划上岸后乘车回营休整,但上岸后六连按实战要求,又下达了"夺占阵地、背水攻坚"的命令,继续演练"夺占一线阵地"等四个课目,一路"打"回宿营地。

日常训练,连队主动增设钢板靶射击、战斗攀崖、擒拿格斗等特种课目;考核比武,坚持实打实,全员额参考,按百分之百计算成绩;海训演习,连队有意识将官兵拉到山上、放到海里、困在岛中,在生疏地形、恶劣环境中砺意志、练技能、强体魄。

战场需要什么本领,平时就练就什么本领。2005年初,六连受命赴某海域孤岛担负攀崖训练试点任务。这是一个全新的训练课目,一没有教材、二没有器材、三没有经验,全靠官兵在训练中摸索。

他们根据实战可能面对的情况,挑选了20多处临海崖壁,抓住涨潮时机,组织官兵乘着冲锋舟,泛水编波抵近崖壁组织训练。

海风刺骨,海浪滔天。官兵冷得直打哆嗦,冲锋舟一会儿被托到波峰,一会儿被颠到浪谷。在这次训练中,连队官兵自制了12种简易器材,攻克了18个训练难关,攀遍了岛上30多处悬崖峭壁。同时,他们边训练、边摸索、边梳理,编写了11份教案。

在后来的攀崖演示汇报中,六连官兵在多种崖壁上,徒手攀崖、利用绳索攀崖和利用铁爪攀崖……官兵的身体像"壁虎"一样紧贴崖壁,动作轻巧利索,赢得现场观摩人员如潮的掌声。

在硬骨头六连营房前,有一块土褐色的石头上刻着一个硕大的硬字。硬,是这个连队的本色。

六连官兵思考最多操心最多的是:能不能在未来信息化战场上打赢战争?

他们时刻想着打仗、时刻准备打仗,战备观念特别强。连队基本实现了物资箱包化、出动精确化、演练常态化。一旦有什么突发事件,六连能做到战备物资不经补充就足额齐全,战备方案不经调整就可立即启用,战备能力不经强化就能上阵。

随着机械化信息化建设步伐的加快,部队武器装备更新换代快,险难课目逐年增多,六连和其他连队一样,都面临着训练安全与训练质量的问题。一方面,连队训练强度大,传统课目训练优势需要官兵常年保持满负荷训练,新装备实弹射击、试验性课目都带一定风险;另一方面,六连坚持不偏训、不漏训,不论一般性课目,还是险难课目,全得按要求训全、训实、训到位。

六连官兵坚信,只有训练抓好抓实抓到位了,才能有效减少训练安全问题。相反,训练抓偏了、抓空了、抓漏了,反而难保安全。平时,连队在强调科学组训的同时,注重让战士像在战场上一样,学会处置险情、有效避险。近20年来,六连没有出一起训练事故,就连训练伤也很少见。

六连的干部认为,自身硬气,工作才有底气,战士才会服气,不敢叫响"看我的",连队就没人"听你的"。在六连,每次比武考核都是干部第一个上,新增课目都是干部第一个训,险难攻关都是干部第一个闯。连队七名干部,步兵五大技术人人过硬,装甲三大专业样样精通,重大比武考核次次靠前,每人都有两个以上专业等级。

连长王勇敢一上任就赶上换装。为了给官兵带好头,他给自己立下军令状:两个月内全面掌握新装备的操作使用。结果,上任一个月,他就完成了电台构造与使用、夜间驾驶等41个课目的理论学习和实装操作,成为全团组织新装备训练的"领头雁"。

海训期间,连队担负新装备某战法验证任务,这个课题危险性大,王勇敢驾头车下海,在摇晃颠簸的战车里,他带领车组人员克服闷热、眩晕、恐惧等困难,凭着过硬的专业技术和体能素质,探索出新型步战车的多种导航方式和战术打法,为新装备海上作战积累了经验。

新时期三股劲新解

压倒一切敌人的狠劲；坚持到底的后劲；百折不挠的韧劲！这威震敌胆的"三股劲"，是"硬骨头六连"战争年代克敌制胜的"法宝"。进入新的历史时期，六连官兵在科技强军的道路上又形成了"新三股劲"：

敢于攀登科技高峰，不怕一切风险和困难的狠劲；盯牢"打赢"目标，坚持到底百折不挠的恒劲；面对一切困难迎难而上，直至取得最后胜利的拼劲！

"三股劲"的新变化，是六连官兵与时俱进弘扬"硬骨头精神"的一个缩影。在六连，随处可见、随处可触、随处可感的传统气息，使官兵在潜移默化中受到感染和激励。一次，六连与师侦察连进行400米障碍比武，八班新战士陆玉明因起跑用力过猛右脚解放鞋被蹬脱，他毫不犹豫抓起鞋子往前冲，翻越高墙不便就用嘴咬着，跑道上的煤渣把他右脚扎得血肉模糊，但他仍以1分42秒的优秀成绩跑完全程。"硬骨头精神"培育和塑造了一茬茬官兵，连队先后涌现了展亚平、嵇琪等一批新时期的"硬骨头"传人。

硬六连在于硬根子

六连官兵有这样的共识：六连全面建设过硬，是战士们干出来的；六连战士过硬，是干部带出来的；六连干部过硬，是党小组、支部管出来的。党支部这个战斗堡垒过硬，才是硬六连的硬根子！

近10年来,六连党支部年年被军、师评为先进,一次被中组部、三次被总政治部、八次被军区表彰为先进基层党组织,七任党支部书记都被师以上单位评为优秀党务工作者。

在六连,党管干部有一着"高招":干部调进都要开"接风会",调出都要开"洗尘会",会上不说客套话,而是提要求、指问题、送诤言。这一好传统六连坚持了几十年。

原连长黄朝武被提升为二营副营长。赴任的前一天晚上,连队党支部专门给他安排了个"送别宴"。同志们没有为黄朝武摆"功劳谱"、立"荣誉传",而是把他的缺点数落了一遍:"连长,作为军事干部,你管理上不够泼辣""连长,你有时也打打个人的小算盘,流露出对地方高薪工作的向往"……

带着六连官兵送给他的十九条"诤言",黄朝武走上了副营长的工作岗位。

六连官兵睡觉,衣物按穿戴的顺序叠放,睡上铺的战士鞋尖朝里,睡下铺的战士鞋尖朝外。一旦遇有敌情,就能迅即出动。

团里每次紧急出动演练,六连都是战备物资最全、行动预案最细、所用时间最短、标准抠得最严。连队紧急集合过去是到器材库拿模拟枪,现在是跑兵器室取真枪;过去是提前备水壶,现在是临时灌水壶。

一位蹲点的集团军领导感慨地说:"在团里转一圈,一眼就能认出六连的兵;到六连转一圈,一眼就能看出谁是党员。"在六连,每次比武考核,都是党员干部射击打第一枪、障碍跑第一组、驾驶开第一车、泛水编第一波。两栖装备列装后的历任连长指导员都不是装甲兵出身,但他们深钻细研,勤学苦练,很快成为行家里手。指导员杜鹏带头学军事练指挥,成为全团第一个取得通信、驾驶两个一级技术能手证书的连主官,摸索总结的"装甲步兵班战术闭合式循环训练法"在全师推广。

把士兵的利益举过头顶

战士是六连这把钢刀的"刀尖子"。六连党支部始终把士兵的利益看得高于一切,想方设法为士兵排忧解难。战士杨志勇从小父亲去世,家境贫困,入伍后母亲在广东打工时摔断脊椎,老板却推卸责任。党支部得知后立即派干部到地方协商做工作,依法为小杨母亲争得8万元经济补偿。杨志勇把组织的关心转化为学习训练的强大动力,多次在比武考核中夺魁,被连队评为"硬骨头战士"。

爱兵爱在心坎上,解难解在点子上。近年来,连队选送技术学兵、选改士官、送学提干110多人,都做到公平公开公正。战士说:在六连,老乡观念行不通,人情世故没市场,处理问题讲原则,我们服气。党支部还积极创造条件,满足战士求知成才愿望。根据岗位需要和战士的文化基础、个人特长制订学习计划,设计成长成才之路。近10年,连队先后有10名优秀班长直接提干,25名战士考上军校,32名官兵受到军以上表彰。

红旗民兵营

　　河北省无极县郭庄民兵营,是全国民兵先进集体。该营前身为抗日战争时期的郭庄抗日游击小组。

　　1938年2月,河北省无极县郭庄党支部成立,当时抗日战争已经全面展开,为适应对敌斗争形势,党组织立即领导组建了由杨成文、杨义水、刘成法、郭顺元、孟贵良、王洛五、孟大三、邢根石八人组成的抗日游击组,装备有大抬杆、决枪、红缨枪、大刀等。不久,又建立了由60多名青年组成的青年抗日先锋队。1939年2月,扩编为自卫队,达500多人。1940年郭庄设立武装委员会,党支部通过武委会(武装委员会的简称)领导自卫队。自卫队主要任务是站岗、放哨、送情报、当向导、运粮草,协助主力部队收编杂牌武装,逮捕不法分子,稳定社会秩序,配合县大队、区小队与日军作战,并参加了"百团大战"。自卫队先后作战200多次,毙敌35人,伤敌120多人,俘敌60多人;协助地方抗日部队收编杂牌武装100多人;配合抗日政府锄奸铲霸12人;

破敌电讯设备150多次;掩护群众捣毁平汉铁路累计60多公里,破坏正无公路累计200多公里,交通沟80多公里;掩护群众运送公粮50多万公斤;选送170多名民兵参加八路军;涌现出模范民兵30多人,其中有带病参战、英勇牺牲的孟贵良,大义凛然、视死如归的孟大三、郭计丑,机智勇敢、传递情报的王四玉、徐文芝,不顾生死、掩护干部的刘大雪、徐兴华,还有宁死不屈、惨遭杀害的杨小五、郭更顺、牛小米等。

解放战争时期,郭庄民兵积极参加锄奸反特、发展生产和保卫土地改革,稳定社会秩序,支援自卫战争。先后出动民兵540多人次、民工1000多人次、大车1000多辆、担架30多副,参加了解放正定、新保安、太原等战斗和清风店、石家庄、平津等战役的支援工作,运送军粮75万公斤,弹药2000余箱,抬送伤病员近百人,押送俘虏500多人,荣立了战功。有100余名民兵、民工受到部队和地方政府的嘉奖,164名民兵参加了中国人民解放军。

全国解放后,郭庄民兵营继承发扬战争年代的革命精神和劳武结合的光荣传统,始终保持着高度的革命警惕性,有力地打击了敌人的破坏活动,维护了社会秩序。土地改革时,民兵带头参加互助组、合作社,保卫集体经济。1958年,郭庄成立民兵营。民兵们热爱集体,带头生产、包苦活、抢重活,试验种植农作物新品种、抢收抢种、兴修水利、改良土壤、农田建设、抗洪抢险、突击完成艰巨任务,在发展生产、巩固集体经济、改变贫穷面貌方面发挥了重要作用。民兵利用农闲季节和生产空隙时间,学习射击、投弹、刺杀、爆破、土工作业(利用地形地物)五大技术,学习单兵及班排战斗动作,参加实弹射击成绩总评优秀,涌现出了数十名优等射手。

郭庄民兵营数十年历史,积累了许多宝贵经验,为我国民兵建设事业做出了突出贡献。主要是:继承革命传统,党抓武装,大抓思想教育,永保人民武装本色;发动民兵带头参加生产,在生产活动中巩固民兵组织;结合生产进行军事训练;依靠群众,发挥骨干作用;把民兵工作与军队建设紧密结合起来;虚心学习,永不骄傲。

1960年,民兵郭德合参加全国民兵代表会议,受到毛泽东、周恩来、刘少奇、朱德等党和国家领导人接见并合影留念,毛泽东主席亲自授给一支半自动步枪。

1964年2月28日,中共中央华北局、中国人民解放军北京部队领导机关,在郭庄隆重召开命名大会,授予郭庄民兵营"红旗民兵营"称号。《人民日报》《解放军报》《河北日报》、中央人民广播电台、河北人民广播电台等新闻媒体连续发表文章,介绍郭庄民兵营经验和事迹。以郭庄民兵营为内容的《党抓武装好,宝刀永不锈》图片由新华社在全国发行,之后郭庄民兵营在不同的历史阶段都做出了较大贡献。

1984年2月28日,北京军区领导机关在郭庄举行"红旗民兵营"命名20周年纪念大会,授予郭庄民兵营"发扬革命传统,争取更大光荣"锦旗,3个集体、52名先进个人荣立二等功、三等功。

1979年到1988年,民兵营先后10次荣获县级、8次荣获地区级、6次荣获省级两个文明建设先进单位称号。

南海前哨钢八连

　　中国人民解放军珠海警备区某部守备第八连1942年组建于山东省牟平县(今烟台市牟平区),在抗日战争和解放战争中,英勇善战,屡立战功,曾获"南下巩固模范连"称号。1949年5月,随部队参加渡江战役,解放武汉后留驻汉口执行警卫任务。在新的环境中,全连官兵保持和发扬人民军队严守纪律的优良传统,身居闹市,一尘不染,受到当地人民政府和群众的高度赞扬。1952年9月,八连调驻珠江口外小横琴岛,担负海边防守备任务。小横琴岛与澳门相距260米,八连刚进岛时,海外特务机关派遣特务渗透,用金钱美女拉拢引诱,妄图以腐朽思想和生活方式腐蚀官兵。面对敌人的挑衅和糖衣炮弹的进攻,连队党支部充分发挥战斗堡垒作用,大力加强思想政治工作,开展阶级教育和人民军队传统教育,使全连官兵在思想上筑起坚固的防线,经受住各种考验,保持了忠于党、忠于祖国、忠于人民的政治本色,圆满地完成了保卫海边防安全的任务,成为御敌抗腐模范集体。

1964年4月27日,中华人民共和国国防部授予该连"南海前哨钢八连"荣誉称号。在社会主义建设新时期,八连驻守珠海特区,始终保持坚定正确的政治方向,用优良传统文化占领连队思想文化阵地,连队全面建设卓有成效,被广东省军区树为先进单位标兵。1964年至1990年,先后立集体二等功一次、集体三等功四次,并多次派代表参加中华人民共和国国庆观礼,先后受到十多位党、国家和军委领导的接见、关怀和题词勉励。1990年6月24日,江泽民视察珠海时为八连题词:把南海前哨钢八连建设成为御敌抗腐的钢铁堡垒。

连队"老黄牛"支委会上挨批

这是一次特殊的支委会。议题:研究支委、副连长邱海平的学历升级问题。排长袁红军首先发言:"邱副连长,你从战士直接提干以后,虽然工作勤勤恳恳,训练成绩拔尖,是连队公认的'老黄牛',但学历还是中专,这与我们支部班子的整体学历不相称。"副指导员姜伟则认为:"作为一名新时期的党员干部,如仅仅满足于说老实话、干老实事,遵章守纪不出事,是远远不够的。缺乏过硬的军事科技素质,没有与时俱进、改革创新精神,发挥先锋模范作用就要打折扣。"……听到大家一番对学习的精辟论述,作为支委的邱副连长,站起来诚恳地说道:"各位委员,对不起,我原以为在基层有个中专文凭就足够了,从今以后,我一定要刻苦学习,三年之内拿到本科文凭。"党支部趁热打铁,和他一起研究制订学习计划,同时,鼓励他报考了全军统考的法律专业自学考试。

"钢八连"培养出研究生

在"钢八连",官兵们都自觉地把党支部当靠山,心甘情愿地把自己的一切交给党支部安排,有什么心里话都愿意向党支部诉说,遇到什么困难都找党支部帮助,真正把自己的一切融入党的怀抱之中,形成了"人人在组织中,处处有组织管"的良好氛围。副连长邹兴明,2001年来到连队工作后,觉得岛上条件艰苦,于是产生了想调走的念头。党支部知道后,严厉批评他打个人"小算盘",不符合党员的先进性标准。这一切使邹兴明思想受到很大震动,放弃了想调走的念头,一心扑在连队的工作中,业余时间发奋学习,刻苦钻研,年底还被警备区树为"优秀基层干部",第二年参加研究生考试,以优异成绩被华南理工大学录取,成为从"钢八连"走出的第一个研究生。

不受任何侵蚀的纯洁连队

傍海披绿的横琴岛,处在两种社会制度的交汇点,当地群众称这里是特区中的"特区"。改革开放的大潮,把封闭的横琴岛推向了开放的前沿。小岛敞开襟怀,迎接八面来风。一道新的课题摆在"钢八连"官兵的面前:在改革开放新时期,如何让连队的光荣传统闪耀出时代光彩?

针对珠海特区改革开放出现的新情况、新问题,连队党支部坚持把学习党的创新理论和路线方针政策作为首要环节常抓不懈。他们从珠海市委党校请来专家讲特区辉煌的发展史,组织官兵走出海岛,深入企业、市场参观见学,亲身感受改革开放取得的巨大成就,从而加深了官兵对党的改革开放路线方针政策正确性的认识,进一步坚定对党的信任,对改革开放的信心,增强了听党指挥,服务人民,英勇善战的坚定性。

陈列着上千张图片和数百件实物的连史馆,是传统教育的主阵地,也是开拓创新的加油站。每逢新兵下连、老兵退伍,连队党支部都要组织官兵参观连史馆。那一面面锦旗,一幅幅奖状,不仅讲述着连队昨天的光荣,也激励着官兵创造今天和明天的辉煌。

横琴岛享有多种免税政策。"钢八连"是人民解放军唯一驻守"免税区"的连队。澳门回归前,为了保证改革开放的顺利进行,地方政府作出了一系列政策性规定,如,进口电器不准带出岛,进口香烟只能带两条,对进出岛人员和船只实行严格检查等。但这些规定对八连官兵例外,因为他们身上的绿军装就是特别通行证。

前些年,横琴岛还未通车,上级派专船每月为连队运送给养,专船返回时,官兵们从不带私货。小岛附近的海面上,运载物资的船只往来频繁。只要"钢八连"肯让他们使用一下专用码头,数万的金钱就能轻而易举到手,但官兵们眼不迷、心不乱、手不伸。

一次,一名不法分子带着12名偷渡者准备从横琴岛偷渡出境,被正在执勤的战士黄海华逮个正着。不法分子见只有小黄一人,开出1000元的价码,让小黄放行,并许诺如果小黄想去澳门,可以帮助办理护照。小黄不为所动,一边与不法分子周旋,一边按事先制定的方案,将情况报告了连队,官兵们及时赶到抓获了这帮偷渡分子。近年来,"钢八连"先后配合当地公安机关抓获偷渡分子147人。

近年来,"钢八连"两次被中宣部、总政治部评为"全国军民共建

社会主义精神文明先进单位";年年被广州军区、省军区、警备区评为
"基层建设标兵单位",数十名官兵立功,数百名战士被评为"优秀士
兵",27名士兵考上军校,4名战士提干,这些都彰显着钢八连的精神。

千锤百炼铸造钢铁长城

射击场上,机枪点射,固定目标对抗射击,指哪打哪,弹无虚发;
300平方米的沙盘演练,从发现海上目标,到确定打击方案,快速、精
确、无误;运用新型对海射击指挥系统处置紧急情况,从下达命令到
准备完毕,整个过程快得令人难以置信。

连长李国鹏说:"横琴岛是南海前哨的眼睛,我们只有千锤百炼,
才能铸造钢铁长城,让祖国人民放心。"

2003年8月,"钢八连"奉命前往湛江某海域进行实弹射击训练。
航行途中,风大浪急,不少官兵晕船呕吐,体力消耗很大。但官兵们
以顽强的毅力与风浪搏斗了三天三夜,圆满地完成了训练任务。部
队返回船刚靠码头,上级又下达了五公里奔袭的命令。八连官兵以
最快的速度抵达目的地,在参训连队中第一个完成开设营地、野炊等
训练课目。也是在这次演练中,"钢八连"摸索出了海防炮兵海上训
练的科学方法,取得了营地建设、野外生存、火力快反等五个课目全
优的成绩。

连队列装某新型对海射击指挥系统,新装备到达后,官兵们打开
系统,发现视窗全是英文,大家把过去学的军事英语和计算机知识相
对照,边学习、边训练、边摸索,很快让这套新型指挥系统显威训练
场,实现了当年列装,当年形成战斗力。不久,军区进行炮兵快反系

统试验,"钢八连"主动请缨,担负试点重任。在专家指导下,仅20天时间,熟练掌握了这套快反系统,达到人人会操作、会使用、会保养、会排除一般故障。考核验收时,面对空中、海上的高速运动目标,瞄得准、抓得住、打得下,夺得了首群覆盖、群群覆盖的佳绩。近年来,"钢八连"连续六次在上级组织的实兵、实装、实弹考核中夺得全优,先后有四项成果被广州军区推广。连队连续10年军事训练成绩达到全优,连续五年被广州军区评为"军事训练一级单位",并被省军区确定为海岛炮兵"快反"训练基地。

在推进中国特色军事变革进程中,"钢八连"按照部队信息化建设的要求,在海防一线率先建起了连队局域网和电子图书库,实现了新射击指挥系统与激光测距机的联网,有效地提高了炮兵快反能力。他们以网络技术为龙头,成立了信息技术课题组,专题研究信息战法,锻造"打得赢"的本领。很快,一批"基础知识广、专业技术精、创新能力强"的复合型人才在连队脱颖而出。连队网络高手,在局域网进行的网上练兵,"不见硝烟不见兵,谁胜谁负网上见",使部队传统的训练方法发生了历史性的变革。

神枪手四连

"神枪手四连"创建于抗日战争时期,这是一支具有光辉历史、优良传统、战功卓著的英雄连队。历经抗日战争、解放战争、抗美援朝和社会主义建设时期。在60多年的光辉历程中,先后获得"铁的连队""巩固模范连""纪律模范连""学习训练模范连"等殊荣,并被国防部命名"神枪手四连"的荣誉称号,为新中国的建立,为保卫和建设社会主义祖国做出了卓越的贡献、立下了不朽的功勋。

在抗日战争时期,四连在敌后抗日根据地与敌展开了轰轰烈烈的游击战争,粉碎了敌人的"扫荡""清乡""蚕食"等阴谋。1943年,在攻打塘沟战斗中,班长张建亭徒手把敌军地堡中正在射击的机枪拔出来,并用手榴弹消灭了地堡里的敌人,给部队开辟前进的通路。这一仗消灭敌人一个中队,四连受到新四军十旅兼淮海军分区的奖励,张建亭被淮海军分区授予"战斗英雄"称号。

抗日战争胜利后,四连官兵和所在部队一起,服从上级命令,与国民党反动派进行了艰苦卓绝的斗争。从1945年到1949年先后转战13个省、市、自治区，参加了辽沈战役、平津战役以及宜沙、湘西、广西战役，行程5000余公里，经历近百次的战火考验与洗礼。因战功卓著，先后荣获"铁的连队""进军千里""巩固模范连""纪律模范连""学习训练模范连"等荣誉称号。二班在二打靠山屯战斗中被师授予"葛永高班""葛永高战斗模范班"两个光荣称号，涌现出战斗英雄葛永高、李德林、"特等功臣"沈守忠等英雄个人。

20世纪50年代初，美帝国主义公然入侵朝鲜，把战火烧到鸭绿江畔，四连积极响应毛主席"抗美援朝、保家卫国"的伟大号召，参加了抗美援朝战争。

1950年11月2日，在云山战斗中，四连一班副班长李连华，在班长牺牲情况下主动代理班长指挥战斗，带领全班冲向敌机，毙敌30余名，迫使敌飞行员投降，创造了一个班缴获美军四架飞机的奇迹，五班班长李运贤不怕牺牲，战斗中第一个冲上去，把爆破筒塞进敌坦克履带下，将其炸毁，堵住了溃逃之敌，战后荣立二等功。此次战斗，全连共歼敌100余名、炸毁敌坦克1辆、缴获敌坦克4辆、飞机4架、榴弹炮9门、汽车30余辆，受到志愿军司令部及军师通令表彰，一班被授予"保国英雄班"称号。

1950年11月27日，四连在南山洞断敌打援战斗中，英勇奋战，打退了敌人多次反扑，在一排奋战至全排壮烈牺牲、三排战斗至仅剩两人的情况下，仍坚守阵地。战士姜凤声，与连队失掉联系后，与另一名战士互相鼓励，互相支援，他手持一挺轻机枪，战友手持卡宾枪，机动歼敌，在子弹打光时，两人又潜入敌前沿阵地，从敌人尸体堆中收集弹药，并先后三次打退敌人在坦克掩护下的班排进攻，战后被荣记一等功。连部通信员石春木在爆破手牺牲后,立即抱起炸药包炸毁了一辆突围的敌重型坦克,尔后又拣起敌人的步枪,向敌群扫射。子弹打光后,又端起刺刀和包围连指挥所的敌人搏杀,连续刺死七个敌人,不幸中弹牺牲,战后被追记一等功,并被授予"模范共青团员"称号。

1952年9月18日,在高阳岱西山战斗中,四连担任主攻。战斗中,二排长尹学胜率领五班突过堑壕时,不幸中弹牺牲。五班突入堑壕后,正副班长及战斗组长也相继牺牲,战士马成勇主动指挥全班战斗,连续攻克敌人两个地堡后,只剩下他和战士肖仁爱,他俩互相掩护,迅速逼近敌指挥所,马成勇敏捷地把军首长赠送的"红手榴弹"投入地堡,打掉了敌连指挥所。战后马成勇和五班分别荣立一等功。

回国后,四连官兵积极响应军委打得准的号召,在群众性大练兵运动中,连续三年涌现出百名神枪手。1964年5月,参加军区比武,成绩优异,被沈阳军区授予"神枪手四连"荣誉称号。

1979年—1981年,连队掀起了争创百名神枪手、百名投弹能手、百名打坦克能手、百名一兵多能手、百名达到国家体育锻炼标准的"五个一百"活动,部队军事素质得到了极大提高,1981年连队荣立集体一等功。

20世纪80年代,四连率先改装为机械化步兵。官兵们直面挑战,适应步兵连改为装甲步兵连的转变,从难从严从实战需要出发苦练军事本领,潜心研究出步兵班乘车射击的时间、动作规定、成绩评定等四项内容,提出了"四个发展",即车下向车上发展、停止向前进发展、一兵向多能发展、单一向合成发展,摸索出了装甲步兵连的训练配套法,实现了由"地上神"向"车上神"的跨越,训练成果被编入全军

《机械化步兵连战术教材》。

部队进行现代战争研训,四连官兵利用各种机会走出去、请进来,虚心请教,努力探索,并利用演习等机会把不同程度、频率的干扰现象记录下来,用于日常学习训练;借来大功率干扰机,在专家指导下开展抗电磁干扰训练。就这样,总结摸索出18种复杂电磁环境下的新训法、新战法,编写了《复杂电磁环境下克敌制胜100招怎么用》。1984年被军区授予"勇于改革攀高峰,苦学苦练出精兵"锦旗,荣立集体一等功,并被评为"基层建设标兵连",再立集体二等功。1990年—1997年,先后四次被军区树为"军事训练标兵连"。

从1997年初—1998年8月,"神枪手四连"70%的干部、班长成为"四位一体"教练员;15项科技练兵研究成果得到上级肯定,其中有一项被军区评为"科技练兵成果一等奖"、两项在集团军组织的新"三打三防"成果演示中获一等奖;全连涌现出科技练兵小能人21人。

2000年,"神枪手四连"再次来到北京某靶场参加全军科技大练兵成果汇报演示。十多节车皮的军事和生活训练保障物资经过铁路长途输送抵达目的地,卸载时,天公不作美,突然下起了雨。军代表建议等雨停了再卸载,"不行,我们不能落在别人后面了,必须抢时间。"连长安长城下达了卸载命令。驾驶员各就各位,干部靠前指挥,官兵们凭着娴熟的技能和周密的计划,前后只用了27分钟,比规定时间提前13分钟完成任务。

当四连的官兵们刚进驻营房,脚跟还没站稳,上级通知次日进行课目预演。只有几个小时的准备时间了,这对四连官兵无疑是个巨大的挑战。全连官兵顾不上休息,在连长、指导员的带领下,趁着夜色,沙盘推演、定人定车、现地演练,经过近四个多小时的准备,所有人员基本上掌握了动作要领和演练程序。

第二天,演练开始了。根据上级"车辆路线要跑准,人员定位要定准,整体形成一盘棋"的要求,四连官兵凭着过硬的军事素质和团结协作的精神,预演非常成功,令所有在场的各级首长和兄弟单位的官兵惊奇,他们纷纷向神枪手四连的官兵举起大拇指。

一次,四连给包括美军参谋长联席会议主席在内的外军高级将领进行汇报演示。当时一场特大暴风雪袭击我国东北,大雾笼罩的辽南练兵场上,"神枪手四连"直插"敌"前沿阵地。班长李秀杰在交替突进中发现五号目标未被炮火摧毁,挡住了部队前进的路径。而李秀杰他们正好隐蔽在低洼处,离得近却打不着。不容多想,李秀杰向炊事班长邵国军打了一个手语。邵国军马上向前攀爬,卧地瞄准,但未能构成有利的射击线。此时,两翼按预定计划开始冲击。说时迟那时快,邵国军突然起身,扛起火箭炮就打,在火箭弹出膛的瞬间,他猛地向前扑倒,眨眼间五号目标被打开了花。

正在现场观察的美军参谋长联席会议主席佩斯上将知道,在如此复杂的环境下进行火箭炮立姿射击是大忌,火箭弹尾流极可能将射手灼伤。而结果是,邵国军毫发未损。"没有超一流的素质是绝对做不到的,我佩服这支部队。"佩斯将军毫不掩饰对四连官兵的喜爱和赞赏。演习结束后,他亲手将一枚枚鹰式头像章挂在四连官兵的胸前。

"丢掉荣誉是耻辱,不创造荣誉是负债。"在新的历史时期,如何做好信息化条件下的对敌斗争准备,四连官兵有他们自己的见解和做法。

六年前,时任"神枪手四连"的指导员章海军在调查时发现,全连96%的战士有过上网经历,有20多名战士通晓网络,而连队的电脑却只是个"打字机",造成了资源浪费。根据这个情况,章海军带领"电脑通们"利用业余时间建成了连队局域网,名曰"神枪网"。

"网上论坛"刚开通时,章海军每周在网上设立一个讨论题,他本人则顺理成章地成为"坛主"。后来,他在一些战士的聊天记录里发现,有些战士在讨论时加上了"屏蔽",和其他战士用悄悄话进行"密聊",而"坛主"却成了"孤家寡人"。章海军此刻才意识到,网络是一个虚拟的世界,而自己却仍是以公开的身分进入"论坛",战士们怀着戒备心,当然不愿意和自己交流了。于是,他把自己的身分由"坛主"变成了"匿名客人",以一个普通"网虫"的身份发出了帖子,结果每一个讨论题都能吸引众多"网迷"。

这种"键对键"网上讨论,发挥了课堂上"面对面"教育所难以起到的作用。有些课堂上讲不透的道理,粘贴在论坛上,让大家各抒己见,然后发表自己的看法和意见,谁对谁错就一目了然了。

以前,在"神枪手四连"门口挂着一个意见箱,虽然战士们每天出入连队大门时一抬头就可以看到,但是每当连队打开信箱时却很少发现战士们的"意见"。原来,有的战士怕提意见被人寻着笔迹找上门来给"穿小鞋",有的怕被别人看到了去"告密",意见箱形如虚设。章海军担任指导员后,运用连队的网络把有形的"木质意见箱"换成了"电子意见箱",战士们再也不用担心,可以放心大胆地提自己合理的意见和建议了。

"神枪手四连"是一个无烟连,刚毕业的二排长有三年的烟龄,他到连队后表了戒烟的决心。可有一天晚上,他烟瘾难忍,便偷偷地跑到水房吸了几口。结果,当天晚上他的"大名"就进了"电子意见箱",二排长看到后,一阵脸红,后来还真的把烟戒了。

"电子意见箱"开通以来,共收到50多条各类意见和建议,连队对战士们在网上提出的这些意见十分重视,一条一条地进行梳理,并及时组织召开支委会研究解决,定期在网上做出解释,浓厚了连队的民主氛围。

章海军在连队建成的"神枪网"上开设的"网上论坛""电子信箱""电子意见箱"等网页,开辟了政治工作的第二个课堂,使"面对面"与"键对键"互相交替,互相补充,探索出一条开展政治工作的新途径,增强了政治工作的针对性,当年底,他被集团军树为"优秀政治教员""优秀指导员标兵",荣立了二等功。连队也被集团军树为基层建设标兵连,荣立集体二等功。

又是春节长假,全团的CS高手齐聚四连微机室,再决今年网上神枪。四连的"神枪"战队更是志在必得,一年之始的卫冕之役必须打出气势。

一番"弱肉强食","神枪"战队与兄弟单位的"利刃"战队如期而遇,去年的冤家今朝更是分外眼红。

第一局,城市街区地形。"神枪"战队果断采取守势,一为避敌锋芒,二来摸清底数。分兵设伏,两把大狙对着必经之路虎视眈眈,几支快枪藏在阴暗之处静待漏网之鱼。几番斗智斗勇,双方战成平手。

第二局,沙漠地形。空旷原野,少有遮拦。"神枪"战队立刻改变战法,步枪手、机枪手、爆破手各司其职,进攻、掩护、断后步步为营,一身胆气向"利刃"杀将而去。战罢,还是平手。

第三局,射击场。这下,"神枪"战队"出枪快、射杀快、躲闪快"的看家本领派上了大用场。战斗打响,"神枪"的大狙静若处子、引而不发,任凭弹雨播撒。突然,只见他凌空跳起,甩转枪口,"啪"地一声,远处空中一"黑点"即坠地不动。屏幕显示,杀敌一员。如此战法,反复出手,胜局锁定。

卫冕成功,有人问,你们白天练真枪、晚上练体能,这网上枪法从何而来?

原来周末节假,只要大家有兴致,连长、指导员即率领人马披挂上阵,比手法、比战法、比枪法,带着你玩,逼着你练,咋能打不准?

一次长假,战士们在微机室血拼"反恐"三个白昼,末了熄灯,还有不少"C迷"不愿离去。连长王勇看罢,问道:"想玩吗?"

"想玩,快想疯了!"众人纷纷答道。

"叫指导员去,今晚咱玩个痛快!"两位主官带着众多战士"大开杀戒"。

玩至深夜,下机散场,王勇起身交待道,"打真枪是第一,玩'反恐'还应是第一,既然愿意玩,就得玩出个模样来!"

大家一听,哪能不激动?第二天,数支战队即组建完毕,步兵战术、射击心法皆被纳入参考范围,三"快"特色亦很快成型。

后来,全团CS比赛,"神枪"战队便一鸣惊人,进而连年夺冠。

2008年初,"神枪手"四连的革新器材"移动缩小靶"被请入中国军事博物馆,追寻着横贯南国塞北的连队威名,踏上了"走向全国"的光荣之旅。

"土制作"进军博,可曾了得!但这个了不得,让班长宋金恒实现了。

宋金恒天生喜欢琢磨事。特别是当上班长后,对提高连队训练水平费尽心机,革新器材在他手中接连成型,移动缩小靶只是其中比较成功的一个。

2007年雨水绵延、艳阳难得。在水深深、雨濛濛的射击训练场上，"神枪手四连"的看家本领无处操练，连里好几个班长急得跳蹦子，练得少了咋能神？

对此，宋金恒冥思苦想好几天没有半点眉目。那天帮班里考军校的小张复习数学，相似三角形的原理使他心里突然一亮：有招了，把制式胸环靶和实际距离同比缩小，制成缩小靶，不就可以在室内练习据枪、瞄准了吗？

当天他就制成了样品，试验后给连长王勇作了汇报。王连长一听是那么回事，又招来所有干部从理论到实践论证了半个晚上，最后结论：可行！这缩小靶并被颁授"神枪手"四连发明革新专利号SQS2007001，第二天在全连推广。

缩小靶的成功引起了很多战友的兴趣，刘术宝作为班长的铁杆FANS更是紧随其后。

对运动目标的射击是"车上神"功夫的基础，以往训练这个课目就是让保障人员扛着胸环靶来回溜达，费时费力还犯"枪口对人"的大忌，但却一直没有更好的办法。团里也曾考虑建设移动靶系统，十几万的造价太过高昂，而且每年的维护费用也数目惊人。

有了缩小靶的成功，宋金恒眼光稍微一转，就把焦点放在了研制移动靶上面。班长的心思刘术宝研究得清清楚楚。一天中午他把班长叫到俱乐部高兴地说，"我做了个玩具木轮车，把缩小靶往上一安不就能训练移动射击了？"

"拽根绳子拉着玩具车跑啊？能不能想点有科技含量的？"宋金恒早想到这方法了，就是他自己看不上才迟迟没有动手制作。

周末，刘术宝外出归来，捧了一个大盒子——玩具汽车。宋金恒见了哭笑不得，"宝儿啊，这都啥时候了你还玩这东西？训练老是被天气耽搁，你不知道啊？再说，都这把年纪了还和小朋友一样玩啊？"

刘术宝一激动，脸涨得通红，结巴地说不出一句话。实在没招，他只好从抽屉里拿出本子，写道：做移动缩小靶拖车。

宋金恒顿时乐了，一拳打在刘术宝肩窝上，"还真整到了有科技含量的玩意啊！"。

宋金恒把盒子里的东西掏了个精光，一看是遥控的那嘴呀怎么也合不拢：这回我的移动缩小靶可要"鸟枪换炮了"。

三下五除二，当晚就把移动缩小靶改装成功了，遥控车体上还贴了"移动缩小靶"的字样

这革新现身训练场后，战友们爱不释手：小车载着缩小靶来去自如，把运动目标模拟得活灵活现；还能在室内用，多好啊。

后来，移动缩小靶成为连队器材革新的样板之作，受到多位首长的称赞，"小革新解决了大问题"。

<h1 style="text-align:right">西藏高原钢铁运输班</h1>

人民解放军西藏军区汽车部队某部五连二班,在西藏高原的运输线上,安全行车14年,出色地完成了运输任务,被中华人民共和国国防部授予"西藏高原钢铁运输班"的光荣称号。

1950年,二班进入川藏高原。最初,川藏公路没有动工,他们的汽车是拆成零件,用橡皮船渡过大渡河的。以后,公路修到哪里,二班的汽车就开到哪里,日日夜夜为修建公路抢运物资,直到通车拉萨。川藏公路通车后,他们为建设西藏的新城镇运建筑材料,为拉萨市一些工厂运机器设备。在修建当时条件下西藏最大的水电站纳金电站和拉萨北郊的当雄机场时,二班战士都流过汗,出过力。在支援西藏人民平息叛乱和保卫祖国边防的斗争中,二班立下了战功。

西藏高原谷深水急,山多路险,许多公路要通过几座到十几座拔海几千米的大山。有时汽车要通过盘山险道,有时要攀越披冰戴雪的陡峭山坡。在阴雨连绵的季节里,驾驶员常常要和泥泞搏斗,甚至涉水前进。在风雪弥漫的冬季里,战士们常常要挖雪凿冰,开辟前进道路。二班就是在这样环境下,驰骋在川藏、青藏和西藏境内其他公路上,一次又一次地越过二郎山、雀儿山、昆仑山和唐古拉山等险峻雪峰;一次又一次地跨过大渡河、澜沧江、怒江、通天河和雅鲁藏布江等湍急河流,圆满完成了任务。

1956年冬季,二班奉命和兄弟部队一起,横越西藏北部草原,既要为阿里地区人民和驻军运送物资,又要在黑河到噶尔昆沙之间探出一条道路。这是一项十分艰巨的任务。车队要走的地区,平均海拔在4500米左右,空气稀薄,人烟罕见。在车队前进的道路上,要通过无数处沼泽地,要涉过一道道冰河。汽车碾压着草原上的冰雪前进。寒风卷着雪花扑进驾驶室,雪化成水,水又结成冰,战士们的衣服都变成"铠甲"。一天,车队来到了一条河边,河面结着冰。战士们跳上冰层,打开冰凌,探测河水深浅,为车队开路。在车队通过河流时,一辆车突然陷入河中,战士们又跳入冰河,把一部分物资卸下送到岸边,再把车子推上岸重新装上物资前进。

在那些日子里,战士们的生活是十分艰苦的。大家开一整天车,住下来还要拣牛粪烧水做饭。有时刚生着火,一阵狂风卷走了牛粪;有时找不到水,只得砸冰化水煮饭。由于海拔高,水开了,饭都煮不熟,战士们就吃着这半生不熟的饭执行任务。许多严寒的夜晚,战士们都是睡在车下度过寒夜的。就这样经过25天的苦战,出色地完成了运输和探路任务。

又一年初冬,二班奉命给部队运送物资。从出发地到部队驻地,只有一百多公里,但是这中间没有公路,汽车只能在草原上探路前进,而且还要通过一片沼泽地。班长唐贤义开着车子走在最前头,进入沼泽地后,车子陷进松软的草皮里,并越陷越深。找石头垫,没有;绕道过去,到处都是松软的草滩。战士们不得不卸下物资,把背包垫在车轮下面,挨次推车前进。再陷,再推。就这样,在这片沼泽地里折腾了二十多个小时。出了这片沼泽地,又进入另一片沼泽地。怎么办?战士们只得继续推车前进。人晕倒了,爬起来再推,困极了,伏在驾驶盘上合一合眼,继续赶路。直到第四天下午,才到达目的地。

二班的战士懂得,要在西藏高原上圆满完成运输任务,不仅要有赤诚的心、顽强的意志,还要有过硬的驾驶技术。多少年来,他们一直在苦练技术。在营区练,外出执勤的时候还是练,全班人人都是技术能手。

二班战士不仅驾驶技术好,而且对驾驶员要求管理十分严格。副班长田胜涛入伍不久,刚从老战士手中接过车子,心里很高兴,恨不得把全身的力气都用到工作上。有一天,班长杨廷清让他领队,他见新从内地调来的驾驶兵行车很慢,就想:"这么宽的公路,怕什么?让我给你们开个样子。"于是,他加大油门,放开排挡驰去。前面是一溜大下坡,车子越开越快。正开得起劲,忽然听见后面要他停车的喇叭声。他刚把车子靠边停下,班长杨廷清赶了上来,严肃地批评了他。到了驻地,杨廷清又找他个别谈心,说道:"我们当驾驶兵的,责任大,担子重,思想上如果有一点放松,就会出大乱子。"以后班里来了新战士,他就用这个生动的事例教育战友。

二班战士们说:人听党的话,车听人的话。有一次,上级领导机关因为他们连续三年实现安全无事故,奖励了他们,并号召大家向二班学习。这时候,班里的个别人飘飘然起来,说:"我们班不坏,车队向来不抛锚。"班长发现这个错误的思想苗头后，立即组织进行讨论分析，及时克服了自满情绪。以后，二班形成制度，每次班务会都要认真查找缺点，他们对自己要求很严，从思想到技术连一个小缺点也不肯放过。战士们说：荣誉，是组织给的，只能代表过去，未来的路更长，我们应该更虚心，完成好党赋予的任务，为各族人民服好务。

海空雄鹰团

　　"海空雄鹰团"是中国人民解放军海军航空兵某部的荣誉称号。

　　该团原为陆军部队,1951年春部队改编为空军,同年参加中国人民志愿军,飞赴抗美援朝前线,在空战中发扬陆军刺刀拼杀的战斗作风,以劣势装备与优势装备的美国空军老牌飞行员作战,打破了美国空军不可战胜的神话,取得击落美、英等国空军飞机13架、击伤3架的战绩。

　　1953年该团飞赴浙东前线,参加解放一江山岛作战。1954年编入海军序列。在浙江、福建沿海空战中,击落击伤台湾国民党空军飞机七架,受到中华人民共和国国防部长彭德怀的赞誉。1958年2月18日,在山东半岛上空击落国民党空军RB-57A高空侦察机一架。同年9月入闽,飞机转场降落40分钟,即起飞迎战窜犯大陆的国民党空军飞机,击伤F-84战斗机两架。1964年12月18日,在浙江温岭上空击落国民党空军派出的所谓西方战略眼睛RF-101战术侦察机一架,并在民兵配合下生俘国民党空军少校飞行员一名。

1964年8月,美国驱逐舰马多克斯号侵入北部湾对越南进行武装挑衅,并派出飞机连续轰炸越南北方,制造了震撼世界的"北部湾事件"。与此同时,美国派遣军舰进入南海游弋,并派飞机对我国沿海和内陆进行侦察挑衅,严重威胁我国安全。1965年1月,面对南中国海狼烟四起,全团随所在师受命转进海南岛,抗击入侵挑衅的美军飞机。

1965年9月20日上午10时27分,一架被吹嘘为"20世纪歼击机末代"的F-104C型战斗轰炸机从越南砚港机场起飞后,沿海南岛西部领海线北上,在我领海上空作"S"线飞行,忽进忽出进行挑衅。F-104C是美国当时最先进的战机,机上携带两至四枚"响尾蛇"导弹,可在空中加油,续航能力强。指挥所命令正在值班的飞行大队长高翔和僚机黄凤生双机编队起飞迎敌。高翔和黄凤生以最快的速度起飞,发现了F-104C敌机,经过一番斗智斗勇地追逐之后,F-104C的魔影终于套进了高翔的瞄准光环。"嗵嗵""嗵嗵嗵",高翔手指死死钩着驾驶杆上的射击按钮,一串串炮弹射向敌机。高翔从距离敌机291米一个长点射一直打到距敌机仅39米、两机即将相撞时才拉起机头呼啸着脱离,这对于操作时速上千公里的飞机不能不说是个奇迹。瞬间,敌机变成一团红光四溅的火球爆炸而下,直跌茫茫大海!由于距离太近,高翔的战机被美机爆炸的碎片击伤好几处,一台发动机也停止了转动,但他奇迹般地靠剩下的一台发动机驾驶着这架残缺不全、遍体鳞伤的战鹰安全着陆。美空军"王牌"飞行员菲利浦·史密斯(军号4360)跳伞后被活捉。随后,该团又击落入侵中国领空的美国无人驾驶高空侦察机三架。

这是世界空战史上的奇迹,这是极限距离的英勇战斗,这是置生命于度外的伟大壮举!

1965年12月29日,中华人民共和国国防部授予该团"海空雄鹰团"的荣誉称号。同时该团还先后有140人被记战功,副大队长舒积成被授予"战斗英雄"称号。毛泽东主席先后接见该团代表25次,周总理亲自点名:"我要见见这些英雄。"并接见作战有功人员79人。

链 接

北部湾事件:又称东京湾事件。美国于1964年8月在北部湾(也称东京湾)制造的战争挑衅事件。1964年7月底,美国军舰协同西贡海军对越南北方进行海上袭击。8月1日,美第七舰队驱逐舰"马多克斯"号为收集情报,侵入越南民主主义共和国领海,次日,与越南海军交火,击沉越南鱼雷艇。美国政府迅即发表声明,宣称美海军遭到挑衅。8月3日,美国总统约翰逊宣布美国舰只将继续在北部湾"巡逻"。8月4日,美国宣称其军舰再次遭到越南鱼雷艇袭击,即所谓的"北部湾事件",并以此为借口,于8月5日出动空军轰炸越南北方义安、鸿基、清化等地区。8月7日,美国国会通过了《东京湾决议案》,授权总统在东南亚使用武装力量。这一事件是越南战争的分水岭,是美国在侵越战争中推行逐步升级战略,把战火扩大到越南北方的重要标志。

勤俭创业修理连

"勤俭是咱们的传家宝,社会主义建设离不了,离不了……"这首脍炙人口的老歌,是"勤俭创业修理连"的连歌,这首歌的词作者是这个连队的第二任指导员陈式珏。

这是一个充满传奇色彩的连队!它没有经历枪林弹雨、炮火硝烟,却被国防部授予"勤俭创业修理连"荣誉称号,跻身人民军队英模连队的行列。它先后荣立集体一等功2次、二等功12次、三等功25次,被军区树为基层建设标兵连队。1991年10月22日,中共中央总书记、中央军委主席江泽民视察连队,挥毫题词"艰苦创业,勤俭建军"。

数十年来,这个连队成为千岛要塞的勤俭创业、艰苦奋斗、创新发展的丰碑!它的魅力在哪里?它的奥秘在哪里?

不变的追求

关键词:使命

修理连成立于50多年前。建连之初,连队仅有的家业是两台旧车床和几把铁榔头。当时正值国家经济困难时期,军事斗争形势紧张,党中央提出了自力更生、艰苦奋斗、勤俭建军的方针。由于战备施工任务艰巨,上级党委明确要求修理连做到"大修不出岛,中修不下山"。

为了实现上级的要求,连队官兵一不怕苦、二不伸手、三不坐等,齐心协力,积极发挥个人的聪明才智,不断创造、丰富和完善了修理设施。

在那个一穷二白的年代,要把生铁铸成配件也很困难。怎么办?看着施工部队官兵那急迫的眼神,新战士许友本和杨必兴从山上抬来黄泥,砌起了第一座化铁炉。缺少石灰石,大伙儿一起上山去采挖,没有焦炭用煤块替代,连队还从驻地农具厂借来250公斤铁砂。一个月后,一个能冶炼三吨生铁、浇铸200多公斤重配件的化铁炉应运而生,国防施工机械终于能在当地找着地方修理了。

之后连队官兵又演绎了一个个传奇。凭着冲天干劲,他们仅用五年时间就在荒山沟里建起了车、焊、钳、铸、锻、电工、修理、木工八个车间,革新各类设备、机具100多项。

1965年1月,军委工程兵装备技术革新成果展在京举行,连队发明的电动皮带锤、金属锯床、电动震捣器等八项成果喜获大奖。

组委会看到一个驻守偏远海岛的基层连队,竟取得了这么多革新成果,非常欣喜,专门为修理连设立了一个展厅。翌年,国防部发布命令,授予连队"勤俭创业修理连"荣誉称号。

"大修不出岛,中修不下山。"修理连官兵梦寐以求的愿望慢慢实现了,"勤俭创业修理连"书写了一个年代的神话。

随着时间的推移,连队的历史使命也发生了变化,他们肩负的任务也在发生着变化,唯独不变的是连队官兵负重前行的勤俭创业劲头。

美丽的上海人民广场。

"弘扬勤俭创业精神,支援地方经济建设。"红色横幅悬挂在广场中央,格外引人注目。广场地下工程施工到了紧张的冲刺阶段。修理连承接了地下商场、停车场、配电房的水电管道预埋和安装施工任务,10名官兵欣然赴命。官兵们住在广场地下室临时搭建的工棚里,阴暗潮湿,人人烂裆生癣。"只要上海人民生活幸福,我们苦一点累一点,又算得了什么。"他们没有一人叫苦喊累,心中只有一个信念,保质保量按时完成党和人民交给的任务。为了保证工程进度,10个人轮流休息,确保机器不停运转,经过250个日日夜夜的艰苦鏖战,他们向上海人民递交了一份优秀的答卷。

勤劳的双手书写昔日的神话,也在续写今天的辉煌。

今天,面对紧迫的军事斗争准备工作,连队官兵把追赶的目标紧紧盯在打赢上。怎样履行新时期新阶段赋予连队的新的历史使命?官兵们提出了"勤俭为革新,革新为修理,修理为保障,保障为打赢"的口号。

浙东某山区,省军区民兵防空导弹分队正在举行训练现场会。"勤俭创业修理连"自主研发的某型导弹模拟发射器格外引人注目。

这种导弹模拟发射器是参照某型防空导弹的外型尺寸,以1:1的比例制成的专用训练器材。根据训练需要,可采用轨道式或筒式发射各种模拟弹。为了保障这次演练,修理连共研制了近400套导弹模拟发射器,在各民兵导弹分队广泛使用后,不仅取得了实弹发射的效果,还为此次演练节约开支200多万元。

"以前拆榴弹炮上的曲臂滑轮,两个人得花老半天时间,现在用了'爪式'扳手,一个人只要很短的时间,这个小点子真是太棒了!"一位跟榴弹炮打了十多年交道的炮兵参谋,在用"爪式"扳手更换滑轮时感慨地说道。榴弹炮的拆卸曲臂滑轮工作不复杂,但有劲不好使,因为螺丝都在大架下檐无法直接用力。聪明的火炮技师黄明琢磨开了:他用钻床裁出一个圆形的铁板,按卡座螺母的大小,找来三节钢管作为扳手的套筒,按照曲臂滑轮上每个螺母对应位置,焊接在铁板上,形成了一个形似爪子的扳手。用它来拆卸曲臂滑轮,毫不费力。

责任激发勇气、催生智慧。修理连的"土专家"们接二连三地创造了革新成果:激光模拟发射器、某型导弹模拟靶标、模拟发射弹、应用射击靶标控制系统、电磁式起倒靶……

使命就是召唤,使命就是力量,使命就是方向。

几十年来,奇迹不断在这个连队上演。

不老的雕像

关键词:勤俭

一个铁砧、一把铁锤静立一旁,三根耸立的金属立柱,咬合着一面鲜艳的锦旗和闪闪发光的军徽,背面还有一首连歌,四句战士格言。这是由舟山市政府赠送给"勤俭创业修理连"的标志性建筑。

此刻,煦日映照下的这尊塑像,正昂首在连队操场上,默默地注视着战士们忙碌的身影。

这尊雕塑独具匠心。它正是这个连队传统精髓的最佳映象:铁锤铁砧承载着艰苦的勤俭创业史;三根金属立柱代表着连队党支部、团支部和军人委员会,在修理连艰难的创业历程中,他们是擎天之柱;军徽、连歌展示着军威,激荡着士气;战士格言写的是这样四句话:勤奋工作,俭朴生活,创新发展,业绩在人。它不仅是修理连官兵勤奋工作的完全展示,更是全连官兵俭朴生活的精彩回放——

参观过"勤俭创业修理连"连史室的人,无不感慨20世纪80年代那双穿了八年的解放鞋。

一双鞋子怎么能够穿8年? 这双鞋子是连队第一任老连长林泽协的。当时,曾有一位新战士好奇地问林连长:"连长,每年都发新鞋,您没鞋子穿吗?"林连长回答:"这双鞋子,我穿了7年,穿出感情了。只要缝缝补补,再穿两年没问题。"可是第二年3月,连队奉命参加一项重大国防建设施工。两个月下来,林连长的解放鞋提前宣告"确实没法穿了"。于是,在大家的一致要求下,它被"请"进了当时简陋的连史室,一直保留到今天。

老连长的鞋,勤俭创业的根。时至今日,虽然不会再有穿八年的解放鞋,但是艰苦奋斗、勤俭节约的传统之花在连队长开不败。修理连的官兵都知道有这样一条"连训":大材精用,小材大用,废材利用,缺材代用,物尽其用。

连长俞华有三个破旧的箱子,那是他心目中的"三件宝",无论到什么单位、什么岗位,始终随身携带。

俞连长那破箱子里装的啥？文书岳长江为大伙儿解开谜团：资料箱、工具箱，还有一个是"百宝箱"。班长陈建秋好奇，央求着连长打开了"百宝箱"：铁钉、螺丝、垫片、插销……陈建秋仿佛看见了一个品种丰富的小型仓库，里面各类可再利用的废旧品琳琅满目。俞连长的宝贝箱子还真的经常发挥作用。连队一台用了18年的老式变压器坏了，班长和技术骨干们都抢着去修，可都没法拆开。正当大家犯愁时，连长在资料箱里找到了说明书和维修图纸，还在"百宝箱"里配齐了已淘汰生产的配件。两个小时后，老变压器又恢复正常。

紧挨连部的房间，摆放着一部用了26年的缝纫机，还有一台用了28年的补鞋机。别看缝纫机的工龄比战士的年龄都大，但是踩起来"咔嚓、咔嚓"的声音照样悦耳动听。补鞋机的三根脚架是用三根螺纹钢焊接的，坚固耐用，摇把与机身的结合部还涂着一层薄薄的黄油。

去年老兵退伍后，这两个宝贝又有了新的传人，缝纫机的主人是一班一级士官闫书同，补鞋机专供二级士官黄倬铖使用。杨树中还指着那只有着相当长"兵龄"、印着大红五角星的理发箱说："我们连队战士理发是一流水平，不仅官兵们理发不出营门，还能把连队门口的老乡吸引过来了。"

在修理连，像缝纫机、补鞋机、理发箱这样的老古董可多了。战士冯宝刚到连队，对连队在今天还小心翼翼地保留着这些老古董很是不解。排长赵君慧就带冯宝来了个"实地教学"：

先到炊事班。看这锅盖，用的时间比连队干部的军龄还长，整整18年啦，一点都没坏，只是颜色黑了点；再看这把砍柴刀，用了21年了，经历了十任司务长之手；给养员买菜用的小板车，修修补补，用了25年，换了32位主人还在用。再到连队会议室。看看，这是20世纪

50年代的木条椅、长条桌,这是10年前买的暖水壶……

一圈走下来,赵排长拍着小冯的肩膀深情地说:"这些'老古董',都是连队的'传家宝',是最宝贵的精神财富啊! 丢了它,可就丢了我们连队的'连魂'啦。"

修理连不光把'老古董'派上新用场,小账也算得特别精。

修理连驻守在离城区较远的山洼里,每天耗水约30吨左右。连长俞华无意中发现后山有个凹地蓄水池后,顿时眼前一亮,这里离连队不到500米,如果安装一台抽水机,架上水管把水引进连队,一年下来能省不少钱。支部会上,俞连长将自己的想法和盘托出,一下就变成了"一班人"的共识。会上当即作出预算,约需13000元左右。

听说连队要花大钱从后山引水,引来官兵议论纷纷。有人说勤俭创业是连队的传家宝,为啥放着眼前好好的自来水不用,要花大价钱去引水? 甚至还有人怀疑,连队是不是在搞"面子工程"。面对各种议论猜测,连队党支部围绕"花大钱引水是不是不讲节约"组织班排辨析讨论,并结合连队下一步即将展开的营房整治算了一笔账:营房整修期间,一天最起码要用100吨水,按当前市价1吨水2元钱计算,引来山泉一个月就可以省下6000元,两个月就是1万多元。

花大钱原来是为了大节约! 一笔账算得修理连官兵心里亮堂堂的。

连里新营房全面落成,连队计划将走廊上两元钱一只的白炽灯泡全部换成十多元一只的节能灯。就这件事连队也给官兵算了小账:全连总共40只路灯,按每晚每个灯泡亮2小时算,一只白炽灯泡的功率是40W,一个晚上就是3200W;而节能灯每只仅8W,以同样时间、同样数量计,仅此一项一个月下来就能省80度电,不到半年就能赚回来,而且节能灯美观亮堂,经久耐用。

几十年来,勤俭创业一直是连队官兵最时尚的话题和最不矫饰的行动。今天,他们正继续着勤俭创业的故事,构筑着一个连队永恒的精神大厦!

不停的脚步

关键词:创业

不积跬步,无以至千里。量的积累能够达到质的变化,修理连官兵深知:连队今天家大业兴,创业征程中硕果累累,正是这种量的积累后产生的骤变。

连队有个"聚宝盆",已聚宝三年。那是一个饮料盒,里面塞满了一角两角甚至一分两分的零钱。前不久,连队就是用这些零钱,购买了400多册图书。

"解放军同志真小气,这点散落的水泥也要扫起来。""当家过日子不容易啊,别小看这点水泥,积少成多,学学燕子好垒窝嘛!"这是战士王海夫在庙子湖码头上同一位渔民的一问一答。

连队奉命承担庙子湖哨所工程施工任务,有1000多吨水泥要从码头上卸下来。每次散落一点水泥,小王和战友们都要把它细心地扫起来。就这样,硬是扫回了近800公斤水泥。

修理连官兵都有股燕子垒窝的劲头,他们常挂在嘴边的那句口头禅说得好:"勤俭是创业的铺路石。"是的,家底是一分一厘攒下的,事业是一点一滴打拼的,创业没有近路可抄,只有以勤为径,以俭作舟。

文书程翔上街买文化用品,在回连队的途中,发现马路旁边的水沟里有几节钢筋。小程立马放下手中的东西，两袖一捋，就伸进臭水沟。一拉起来，发现这几根钢筋足有十多公斤重。一脸兴奋的程翔，像捡着个宝贝似的，兴冲冲地提着钢筋回到了连队。

"让我们大家一起来当连队主人，铭记传统，传承特色，从细节入手，从小事做起。只要坚持不懈，持之以恒，'勤俭创业修理连'这个家一定会更加兴旺。连队兴旺了，我们大家脸上都有光彩。"这是在新兵下连后不久，连队开展"坚持'两尊重'，当好主人翁"教育活动，二排长王红坤的演讲。

当勤俭的因子融入一个人、一个群体的心中，这种高尚的品格便会化作默默的实践，成为创业的动力源。学过铁匠活的新战士林如意看见连队几个垃圾斗破得不成样子，就利用休息时间，不声不响地来到废旧物品回收仓库，找来铁皮、钢筋，用铁锤慢慢敲打，焊枪仔细焊接。两个晚上，四个漂亮的垃圾斗做好了，不仔细看，还以为是从街上新买来的。

连队后山脚下有一道小山坡，影响了营区规划，必须铲平。警备区营房科估算，若交给地方投入机械操作，至少要耗资10万元。要花钱的地方多着呢，连队的事就让我们自己来解决吧。全连官兵写下了决心书，不要上级一分钱，把这个活揽了下来。官兵们发扬"蚂蚁啃骨头"的精神，半个月后，山坡成了平地。

创业发展之路永无尽头。数十年来，连队一代代官兵前行的脚步从未停歇。今天，"勤俭创业人"正用勤劳和智慧，诠释着最新版本勤俭创业的故事！

东海涛声急，催开传统花。踩着时代鼓点，走过数十个春秋，留下铿锵足音。今日"勤俭创业修理连"，连歌更响，战旗更红！

红旗民兵团

江苏省海安县角斜镇民兵团前身为抗日战争时期的角斜地区抗日自卫队。之后角斜民兵在战争年代先后参加战斗数百次,摧毁敌碉堡24座,毙、伤、俘敌1300余人,进据点除奸19人,缴获各种轻重武器540余件、子弹万余发,涌现出一批支前英雄模范。

在抗日战争中,他们积极参军参战,支援前线,配合新四军对日伪军作战,并在锄奸反特、传递情报、筹集枪支弹药、破坏交通线、掩护出版《抗敌报》、保护军械物资等项任务中,发挥了重要作用。

1940年10月,新四军在黄桥决战胜利后,挥师东进、抵达海安,由季琳、丁骏、戎杰等同志组成民运工作队来到角斜,于1941年3月在角斜来南乡建立了第一个中共党支部,并组建了第一支群众武装——"角斜抗日自卫队"。后经中共泰东县委、泰东行署决定,设角斜区,区委统一了各乡民兵的建制,这时,角斜区已有民兵五六百人。同年底,角斜民兵和群众3000余人配合新四军一师警卫营,以迅雷不及掩耳之势,镇压了国民党特务操纵下的"大刀会"等地主武装,并潜入敌据点锄奸,来南乡民兵大队长吴国华、范汉章等将对我方危害甚大的汉奸汤长高引诱到李家桥附近就地镇压。轰轰烈烈的锄奸斗争,有力地打击了敌人,充分发挥了人民战争的威力。

1943年9月23日10时,角斜民兵掌握了可靠的情报后迅速与东台县警务团取得联系,在腰灶港设下了埋伏,全歼敌伪军和小股增援的敌人200多人,共缴获战马7匹,六零炮1门,各种枪支近200件,弹药2000余发。同年10月,来南乡黄少成带十几名民兵深夜摸到伪军碉堡旁边,将林子奄的一口七八百斤重的大铁钟抬回送到我后方兵工厂铸造手榴弹。

角斜民兵不但坚持斗争,打击消灭敌人,而且积极参军参战支援前线作战。1944年当部队启用隐藏在民兵家中的四十二箱军用物资时,角斜民兵50多人肩挑担送,兼程行军七天七夜,安全送到了海州(今连云港)、赣榆,受到了部队领导的赞扬。

苏中战役期间,角斜民兵带领群众踊跃支前、赶磨军粮、赶做军鞋6000多双,还组成了千人的运输队和担架队,随军行动,及时为部队输送弹药,供应粮草。1946年8月20日,"华野"领导机关驻在角斜,粟裕司令员在此召开高级军事会议,部署攻击丁(堰)、林(梓)之敌,角斜民兵担任站岗放哨、封锁消息的任务,致使敌人蒙在鼓里,毫无察觉。

1946年夏季,在苏中战役中,角斜组织近千名民兵参加担架队、运输队,抢救伤员,运输粮食弹药,支援人民解放军作战,为夺取战役胜利作出了贡献。

1947年11月30日,华东野战军一部发起海安拼茶战役,三十二旅九十四团在副旅长谢中光带领下,奉命进攻角斜,作为三打李堡的外围战,角斜民兵立即行动,全力支援,站岗放哨,封锁消息。战斗中组织后勤,运送弹药,抢救伤员,激战三天两夜,于12月1日解放了角斜,有88位烈士遗骨安葬在角斜烈士陵园。碑铭、牌坊为张爱萍将军题签,碑文为江苏省军区副司令谢中光撰写,馆内收藏着88位烈士的英名和部分民兵参战支前用过的物品和支前民工、船工荣获的各种奖状、证书、证件和纪念章。淮海战役胜利后,刘邓和陈粟大军分路南下,饮马长江,待命发起彻底推翻蒋家王朝的渡江战役。1949年2月10日,角斜民兵在区委宣传科长符永芝的带领下,组成一支由200多名基干民兵参加的常备民工队随三野十兵团二十九军行动,千里南下,渡江支前,直至福建厦门,历时九个多月,行程数千里,涌现出许多支前英雄、支前模范,许多民兵立功受奖,王玉富、崔伯勤、符永芝、郭文秀等被评为华东"支前英雄""支前模范",民工营先后获得"拥军模范民工营""爱民模范民工营",他们的事迹已载入中国人民解放军《英雄模范名录》。

中华人民共和国建立后,角斜民兵保持和发扬优良传统,积极参加镇压反革命运动和抗美援朝运动。1958年改建为民兵团后,角斜民兵坚持劳武结合,加强民兵思想政治工作,强化军事训练,做到组织落实、政治落实、军事落实。至1966年,全民兵团不仅人人会打枪,个个会执勤,而且涌现出339名特等射手,改进和自制10余种土地雷。在生产上勇于承担艰苦繁重的任务,充分发挥了突击作用。

1964年7月17日江苏省人委和江苏省军区授予角斜民兵团"红旗民兵团"的称号。1966年3月,中国共产党中央华东局、中国人民解放军南京军区再次授予角斜民兵团"红旗民兵团"荣誉称号。1987年7月,该团应邀派代表出席中国人民解放军英雄模范代表会议。

党的十一届三中全会以来，角斜镇党委、政府始终坚持党管武装，认真做好民兵工作"三落实"，坚持劳武结合，发挥民兵在社会主义现代化建设中的积极作用，民兵中先后涌现出省级以上劳模、标兵91人，多次受到上级党政军机关的表彰奖励。民兵团的旗帜上永远铭刻着粟裕、许世友、傅秋涛、管文蔚、钟期光等已故的无产阶级革命家名字，他们生前多次来角斜视察，对角斜民兵团的建设给予了极大的关怀。

1996年5月20日，江苏省委、省政府、省军区在海安隆重集会，纪念角斜"红旗民兵团"命名30周年，中央军委副主席、国务委员、国防部长迟浩田上将及副总参谋长吴铨叙，总政治部副主任周子玉等领导及南京军区领导亲临大会，观看了"爱军习武，尚武保国"的军事表演。迟副主席发表热情洋溢的讲话，给角斜民兵予以高度的评价。同年8月，中央军委总参、总政发文《广泛开展向角斜"红旗民兵团"学习的决定》，号召全国民兵预备役部队向角斜民兵团学习。新闻媒介大量报道角斜民兵情况，在全国形成积极反响。2006年10月26日，江苏省委省政府给红旗民兵团记集体二等功。

链接

角斜镇位于江苏省海安县，中国唯一的"红旗民兵团"所在地，是中国名镇和江苏省"百家名镇"。东临黄海，南近南通港，西临新长铁路海安站，海防公路横贯境内，水陆交通便捷，年平均气温15℃左右，年平均降水量960毫米，气候怡人，自然条件优越，区位优势明显，有着"江海明珠，中国闻名"的美誉。